鎌倉時代の和歌に託した心

西行・後白河法皇・静御前・藤原定家・後鳥羽上皇・源実朝・宗尊親王・親鸞

今井雅晴

まえがき

本書は平安時代末期から鎌倉時代の半ばころまで、その時代の人たちが何を思っていたか、どのような心で生きていたかを追究したものです。私は日本史研究を専門にしています。その観点から見ると、平安時代や鎌倉時代、彼らが自分でその心を記した史料はあまりありません。ただ彼らが詠んだ和歌にはその心の一端が見えることがあります。

記録に残されている和歌には、「題詠《だいえい》」といって題を与えられて皆で詠んだ和歌や、「歌合《うたあわせ》」といって二人でできばえを競って詠んだ和歌があります。これらからは詠んだ人のほんとうの心を読み取るのは難しいです。他方、自由に詠んだ和歌もあります。その和歌からは、どのような心が託されているのかがすなおに伝わってきて感動することが多いです。

本書では西行・後白河法皇・静御前・藤原定家《さだいえ》《ていか》・後鳥羽上皇・源実朝・宗尊《むねたか》親王・

親鸞を検討の対象にしています。歴史に残る彼らの行動の背景にはどのような心があったのか。飾らない、ほんとうの心は何だったのか。また後白河法皇の項では法皇が深く愛した今様《いまよう》（当時の流行歌）も合わせて見ていき、親鸞の項ではみんなで声を合わせて歌うように唱えた和讃《わさん》（仏を褒め称える文）も見ていきます。

◇目　次◇

鎌倉時代の和歌に託した心

2 後白河法皇～今様で乱世を生き抜く

6 将軍源実朝～和歌に東国の王者像を求める

8 親鸞～家族思いの念仏者

カバーデザイン・イラスト　村井千晴

1　西行

～放浪と桜に生きた歌僧

★西行関係系図

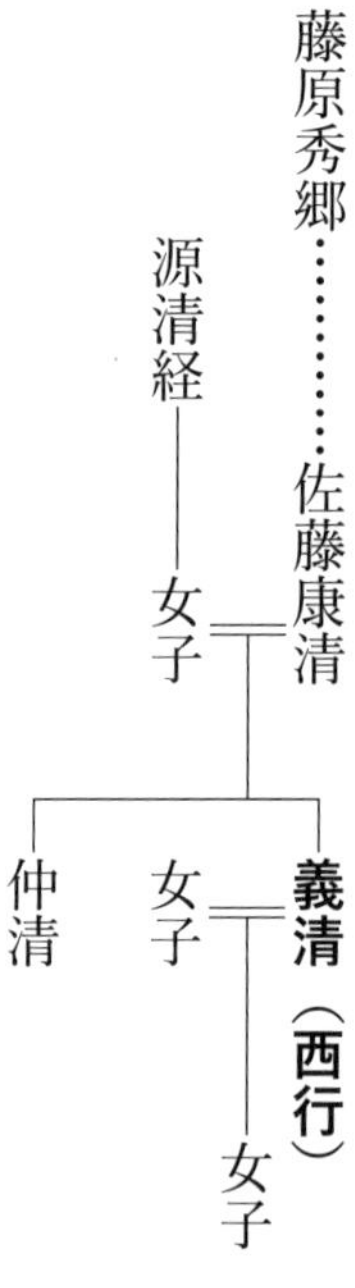
藤原秀郷
佐藤康清
源清経
女子
義清（西行）
女子
仲清
女子

はじめに

西行は平安時代後期の元永《げんえい》元年（一一一八）に生まれ、鎌倉時代初期の文治《ぶんじ》六年（一一九〇）に亡くなりました。生まれた年は平清盛と同じです（拙著『日本の奇僧・快僧』「西行」吉川弘文館、二〇一七年）。

西行は二十三歳で出家し、数十年にわたる放浪の生活の中で和歌を詠むことによってその心を高みに引き上げようとしました。また花といえば梅がもっとも人気があった時代に、桜の美しさに注目し、それを説きました。しかも桜は一週間ほどという短い期間で散ることに精神的な美しさを見出したのです。また西行は満月の夜の桜が咲いている中で亡くなりたいと願っていました。そしてそのとおりになり、周囲の人たちはとても驚きました。

『小倉《おぐら》百人一首』を編集した藤原定家《ふじわらのさだいえ》は、西行の次の和歌を採用しました。この和歌は定家の父藤原俊成《としなり》《しゅんぜい》が編集した勅撰和歌集『千載《せんざい》和歌集』にも収録されています。

嘆けとて　月やは物を　思はする
かこち顔なる　わが涙かな

「ほんとうは『嘆き悲しめ』と、月が恋の成就しない私を嘆かせ涙を流させているのではないのです。まるで月の仕業《しわざ》でもあるかのように流れてくるのです、私の涙は」。西行の心の繊細《せんさい》さが伝わってきます。

本項では放浪と桜に生きた西行が、その心をいかに和歌に託したかを見ていきます。

(1) 青年時代の恋と出家

西行は二十三歳の時に妻子を捨てて仏道修行に向かい、各地をめぐり歩く生活に入って、それを以後ずっと続けました。彼は七十三歳で亡くなっていますから、五十年間の放浪生活ということになります。平均寿命四十歳そこそこであった当時においては、かなりの長生きです。彼はその平均寿命を三十年も越えて自分に正直に生きたのです。

動乱の社会

西行が生きた時代の前半はまだ穏やかな時代でしたが、後半は激動の時代となりました。西行三十九歳の保元《ほうげん》元年（一一五六）、保元の乱が起こりました。続いて三年後の平治《へいじ》の乱、以後の平清盛の全盛二十余年、一一八〇年の源頼政・源頼朝・木曽義仲の挙兵に続く五年間の源平の戦い、平氏の滅亡へと続きます。社会は乱れ、多くの人が殺されました。このような時代にいかに生きるか悩む人は多かったのです。可能ならば思い切って俗世間を捨て、別の世界で楽に生きようと試みる人も増えました。

西行はこのような時代に生きました。彼は自分の心に正直に従い、その心を生かすために俗世間のしがらみを捨て妻子を捨て、仏道修行はしつつも和歌と放浪に生きました。このように聞くと西行の心優しい繊細な人間性が思い浮かぶかもしれません。それはそのとおりです。しかしまた一方では強い心の持ち主でなければ数十年間もの放浪生活に耐えられないでしょう。西行にはがんこで偏屈な人間という一面がありました。それはすでにその出家のいきさつに示されています。

武勇の家

西行は俗名を佐藤義清《のりきよ》といいました。代々朝廷に仕える中級の貴族で、勤務先は左兵衛府《さひょうえふ》でした。これは皇居を警備する役所「兵衛府」が左右に分かれているうちの一つです。西行の家は武芸によって朝廷に仕える武官でした。

西行の先祖は田《た》原《わら》藤《とう》太《た》秀郷《ひでさと》と伝えられています。秀郷は十世紀の前半に関東で大勢力を振るった平将門《たいらのまさかど》を滅ぼした人物です。下野国《しもつけのくに》（栃木県）、現在の大田原市あたりを本拠地としていました。その子孫は関東地方に広く展開しましたが、そのうちの一人が京都で武官として朝廷に仕えたのです。「武勇の家」というのが西行の家代々の誇りでした。

北面の武士

西行自身も優れた武官として知られていました。それに佐藤氏は紀伊《きい》の国《くに》にある豊かな田仲荘《たなかのしょう》（和歌山県紀の川市）の預所《あずかりどころ》という役職を摂関家から任され、また他にも三ヶ所の荘園があるなど、経済的にも裕福でした。つまり実家が裕福、その仕送りで数十年も放浪生活ができたということなのです。このことを無視することはできません。

それに西行は院政を布いていた鳥羽上皇の信任もあつく、北面の武士として将来を期待されていました。北面の武士とは上皇の警護のために設けられた制度で、白河上皇の時に始まりました。上皇の屋敷には北側に武士の詰所があったので「北面《ほくめん》の武士」と呼ばれたのです。北面の武士は朝廷勤務の武官の若者から選ばれました。弓馬《きゅうば》の道《みち》（弓と乗馬の技術）はもとより、眉目秀麗《びもくしゅうれい》、詩歌管弦《しいかかんげん》（漢詩・和歌と楽器）に堪能が条件でした。

西行の母は源清経《みなもとのきよつね》という貴族の娘で、清経は今様《いまよう》と蹴鞠《けまり》の名人でした。今様が好きだった後白河法皇は、その著『梁塵秘抄口伝集《りょうじんひしょうくでんしゅう》』の中で清経が乙前《おとまえ》という名の今様が上手な少女を見出したと、次のように述べています。文中、「監物《けんもつ》」は朝廷の蔵の出し入れを監察する職です。

監物清経尾張《おわり》へ下りしに、美濃国《みののくに》に宿りたりしに、(乙前が) 十二、三にてありし時 (中略)、歌をきさて、めでたき声かな、いかにまれ末をとらむずることよとて、

「監物清経が尾張に下って美濃国に宿泊した時、乙前は十二、三歳だったのですが (中略) その歌声を聞いて、すばらしい声だ、将来きっと今様のすばらしい歌い手になるであろう」と褒めたというのです。西行が和歌に優れていたのはこの優れた芸術家清経の血を引いていたからではないかという説もあります。

なお乙前は後白河法皇の今様の師匠です。このことは後白河法皇の項で取り上げます。

西行の出家

文武両道に励んでいた西行は、保延《ほうえん》六年 (一一四〇)、二十三歳の時に突然出家してしまいました。これについては、周りの多くの人たちが疑問に思ったといいます。左大臣藤原頼長《ふじわらのよりなが》は西行が訪ねてきた時のことを、日記『台記《だいき》』康治《こうじ》元年 (一一四二) 三月十五日条に次のように書いています。西行は寺院

のための寄付を求めてきたのです。

余、年を問ふ。答へて曰く、廿五なりと。去々年出家せり。そもそも西行はもと兵衛尉《ひょうえのじょう》義清也。重代の勇士たるを以て法皇に仕ふ。俗時より心を仏道に入る。家富み年若く、心に愁なきも、遂に以て遁世《とんせい》す。人これを歎美《たんび》するなり。

「私は西行に年齢を聞いた。答えて言うことには『二十五歳です』ということであった。一昨年に出家していた。だいたい西行はもと兵衛尉義清だった。家代々のすぐれた武官で鳥羽法皇に仕えていた。出家の前から仏教に深く帰依していた。家は財政的に豊かであるし、年は若いし、心の中に悩みを抱いていることもないのに、とうとう出家してしまった。世の中の人たちはこの行動を褒め称えた」。この日記を書いた時、頼長もまだ二十三歳でした。まさに西行が出家した年で、我が身に引き比べての感想で実感がこもっています。

西行はなぜ出家をしたのでしょうか。『西行物語』は、その理由は親友の佐藤範康《のりやす》が急死したことにある、と次のように伝えています。

ある時、西行が朝廷で大いに面目を施したことがあり、範康とともに喜んで退出しました。明日は特にきらびやかな衣装で出仕しようと約束し、翌朝範康の家に迎えに行きました。すると多くの人たちが立ち騒ぎ、老母と若妻が嘆き悲しんでいました。範康が昨夜急死したというのです。西行は人の命のはかなさを痛切に思い知り、次の和歌を詠みました。

　年月を　いかで我身に　おくりけむ
　　昨日の人も　今日は亡き世に

「これからの長い年月をいかに過ごしていったらよいのだろうか。昨日まで元気だった親友はもういないこの世を」。こうして西行は俗世界を捨てて出家する決心をしました。

次はこのころ詠んだ和歌です。『新古今和歌集』には「無常の心を（『世の中はいつも同じようには続かない』という言葉の意味を）」という詞書《ことばがき》つきで収められています。

　いつ嘆き　いつ思ふべき　ことなれば
　　後の世しらで　人のすぐらむ

「いつこの世は空しいと嘆いたらよいのか、いつ無常だと思えばよいのかと思いつつ、結局、この世の人たちは後世《ごせ》のことを知らないで過ごしているのだろう」。――私ははっきり知る行動に出よう、出家したい、と固めた心を示す和歌です。

失恋が出家の原因か？

ところが『源平盛衰記《げんぺいせいすいき》』には、西行はさる高貴な女性に恋をし、それが虚しい結果に終わったので世をはかなんで出家した、とあります。

さても西行発心《ほっしん》のおこりを尋ぬれば、源は恋故《こいゆえ》とぞ承《うけたまわ》る。申《もうす》も恐《おそれ》ある上臈《じょうろうにょう》女房《ぼう》を思懸《おもいか》け進《まい》らせたりけるを、あこぎの浦ぞと云ふ仰《おおせ》を蒙《こうむ》りて、思ひ切り、（中略）無為《むい》の道にぞ入りにける。

「ところで西行が出家の道に入った原因を調べると、それは恋だと聞いています。話題にするのも失礼にあたる、身分の高い女性に恋心を抱いたのを、『阿漕の浦ですよ』と言われて諦めざるを得なかったのがショックで、出家の道に入りました」。

「申も恐ある上臈女房」とは、当時絶世の美女と言われた待賢門院《たいけんもんいん》ではないかとされています。待賢門院は鳥羽天皇の中宮《ちゅうぐう》です。「あこぎの浦」は三重県津市阿漕町の海岸です。漁業禁止なので、こっそり漁をすると魚がたくさん獲れました。番人に見つかったら海に沈められる、一回くらいなら発見されずに済む、たび重なれば番人（鳥羽天皇）に見つかって殺される、だから「もう来ないで」と西行は上臈女房に言われたのです。「あこぎ」には厚かましいとか、しつこいとかいう意味もあります。

一回ならと応じた上臈女房が、未練がましい西行を「しつこいわね」と高飛車《たかびしゃ》にはねつけたのです。西行はガックリ、でした。

(2)「さびしさ」を価値あるものとする

仏道の修行

出家を思い立ったころ、西行は次のような和歌を詠みました。出家しないととても不安だったそうです。

そらになる　心は春の　かすみにて
　世にあらじとも　思ひ立つかな

「俗人でいるかぎり不安で何も手につかないけれど、出家を決心した今の私の心は春霞のように仏道の世界へ昇っていきます」。しかし──、いざ出家してみると、その瞬間からまた不安が生じ、俗世間を思い起こすというのが西行でした。自分で自分の心がよくわからないということでもあったのです。

さて出家の理由や心はともあれ、出家したからには生活の第一は仏道の修行です。法名は円位《えんい》でした。「西行」はのちに名のった号です。出家直後には京都の長楽寺《ちょうらくじ》や双林寺《そうりんじ》で修行しました。京都東山の麓《ふもと》の寺々です。鞍馬山での修行もしました。のちには京都の仁和寺《にんなじ》、醍醐寺《だいごじ》、奈良の興福寺、さらには熊野や高野山などの各地でも修行をしました。

揺れる心

修行を始めたばかりのころ、鞍馬山にいた冬のある日、谷川から引いている筧《かけい》の水が凍って流れてきませんでした。そしてこれは春まで続くと聞かされて、西行は心が滅入ります。西行の歌を集めた『山家集《さんかしゅう》』に次の和歌があります。

わりなしや　氷る筧の　水ゆゑに
　思ひ捨ててし　春の待たるる

「私は決心して鞍馬の山に籠もりました。でも筧の水も凍る厳しい冬の寒さに出会うと、捨ててきたはずの春の暖かさが待たれます」。しかし、これでは修行になりません。だらしないと言えます。西行の和歌にはどこか滑稽なおかしさがあります。またそこがいかにも人間らしくて親しみが湧くのでしょう。出家直後に詠んだ次の和歌もあります（『山家集』）。

世の中を　捨てて捨て得ぬ　心地《ここち》して
　都離れぬ　わが身なりけり

「現世のことを捨てたつもりだったのですが、でも捨てられないという気持になってしまい、都を思い出さずにはいられない私なんです」。

さびしさ

それでも西行は真剣なのです。揺れ動く自分の心を見つめながら静寂の地を求めて各地を放浪しました。ある時、冬の山里で次の和歌を詠みました（『山家集』）。

とふ人も　思ひ絶えたる　山里の
　さびしさなくば　住み憂《う》からまし

「私を訪ねてみようという人もいなくなったこの山里の暮らしは孤独で心細いです。でもその孤独で心細いという状況がなければ、かえって住みにくいでしょう」。

俗世間を捨て山里に来た結果、まわりには知り合いが誰もいなくなりました。仏道修行に適した環境となりました。知り合いがいなければ争うこともないのです。嫉妬《しっと》も羨望《せんぼう》もありません。でも寂しい。寂しいけれど、その中にこそ清く生きる正しい人間の道がある――これは西行だけでなく、中世の人たちの理想の心と生き方でした。「さびしさ」をこそ求めたのです。そのためには俗世間のしがらみを捨てていかなければなりません（拙稿「西行の和歌と〝捨てる〟思想」『駒澤大学仏教文学研究』第三号、二〇〇〇年）。

西行の「さびしさ」については次の和歌もあります（『新古今和歌集』）。

さびしさに　たへたる人の　またもあれな
　いほり（庵）ならべむ　冬の山里

「私のように孤独で心細い生活には傍に堪えきった人がいてほしいものです。冬の寂しい山里で一緒に修行しましょう」。

修行としての歌詠み

西行にとって和歌は心の深い悩みを表現する方法でした。和歌を詠めばその悩みは昇華され、不透明な悩みの世界から澄んだ悟りの世界が開けてきます。

西行は部屋の北向きの戸を細めに開け、月を見ながら和歌を詠むこともあったといいます（『正徹物語《しょうてつものがたり》』）。月は西行の心を澄ませる自然界の象徴でした。彼はそのように心を磨きながら和歌を詠み、さらにまた心を磨いたのです。『西行上人談抄』に、西行が「和歌を詠むと心が澄むので悪い心がなくなります。来世のことを思う境地もいっそう進みます」と述べたとあります。西行にとって和歌を詠むことは仏道修行そのものなのでした。

⑶「花といえば桜」と確定させる

他方、西行は桜の花をとても愛しました。僧侶は現世のすべてを捨てて修行に励まなければいけないのですから、桜の花は美しいなどと感心するべきではないのです。さらにいえば和歌を作ることも禁止です。心の楽しみになりますから。しかしそのようなことにおかまいなく、西行は桜の花を賛美する和歌を無数に詠みました。『山家集』に、

桜賛歌

花みれば　そのいはれとは　なけれども
　心のうちぞ　苦しかりける

「桜の花を見ると、どうしてかはわかりませんが、心がせつなく苦しくなります」と詠み、どこまでも桜の花を見続けたいと、同じく『山家集』に、

身をわけて　見ぬ梢《こずえ》なく　つくさばや
　よろづの山の　花のさかりを

「私一人では桜全部を見ることができませんから、私の体を分けて分身を作り、ある限りの山々で盛んに咲く桜の花を見たいです」と夢をふくらませます。

ところが春風が吹いて桜の花を散らし始めた、ああ、どうしよう――。

春風の　花を散らすと　見る夢は

さめても胸の　さわぐなりけり

「それは夢でしたけれども、夢が覚めてもまだ胸がドキドキしています」（『山家集』）。西行はよほど桜が好きだったのです。ちなみに西行が愛したのは薄いピンク色の山桜です。現代で一般的になっている濃いピンク色のソメイヨシノ（染井吉野）は江戸時代に作られた新種です。またさらに色が濃く、咲き始める時期も二月と早いカワヅザクラ（河津桜）も西行のころにはまだありません。

梅から桜へ

西行の時までは、単に「花」といえば梅の花をさすのが常識でした。ただ奈良時代末期に成立した『万葉集』のころまでは桜が「花」だけで表現されることはありました。しかし遣唐使によって中国から移入された梅は、その可憐な花びらと甘く強い香りが平安貴族たちの心を奪いました。菅原道真が九州太宰府に左遷《させん》される時に詠んだ、

東風《こち》吹かば　匂ひおこせよ　梅の花

あるじなしとて　春を忘るな

「春になり東風が吹いたら我が家の梅よ、私がいる西の太宰府まで匂いを届けておくれ。主人がいないからといって春を忘れてはならないよ」という和歌にはこんな背景があります。

ちなみにこの和歌は寛弘《かんこう》二年（一〇〇五）から翌年にかけて編纂された『拾遺和歌集』に収録されています。よく知られた、この和歌の最後の部分「春を忘るな」を「春な忘れそ」とするのは、万寿《まんじゅ》二年（一〇二五）以降に作られた歴史物語『大鏡《おおかがみ》』になってからです。したがって、本来は「春を忘るな」であったと考えられます。

ともかく、西行は梅全盛の中で、再び「花といえば桜」という常識を作り上げました。

散り急ぐ美しさ

西行と桜について注目すべきことがもう一つあります。それは、桜の花は満開のうちに早く散るからこそよいのだ、と主張したことです。美しいままの姿が私たちの目に焼き付いて残る。その方が好ましいとしたのです。枯れかかって汚くなった姿を記憶に残したくはないと説き、これが人々の心に強い印象を与え、納得させました。いわば早く散るからこそ美しいという日本独特の美的感覚を作り出したのです。

憂き世には　留《とど》めおかじと　春風の
散らすは花を　惜しむなりけり

「この世には残しておかないぞと春風が美しい桜の花を散らすのは、その美しさがなくなって汚くなるのを惜しんでいるのですよ」（『山家集』）。この美的感覚はその後の日本の歴史に強い影響を与えました。第二次大戦中に若者の心を「お国のために」と戦場に向かわせた、「早く散る」ことを賛美した風潮もありました。

(4) 西行——伝説の彼方へ

文治六年（一一九〇）二月十六日、西行は河内国《かわちのくに》の弘川寺《ひろかわでら》（大阪府南河内郡河南町弘川）で亡くなりました。この訃報《ふほう》はたちまち歌人・文化人の間をかけめぐりました。この日は、太陽暦（西暦）のユリウス暦では同じ一一九〇年の三月二十三日に相当します。まさに桜が咲く時期です。当時の日本の暦（太陰暦）では毎月十五日の夜が満月です。暦がそのように作られていたのです。

「願はくば…」の歌

西行は、驚いたことに亡くなる七年以上も前に次のような和歌を読んで自分の臨終のあり方の希望を述べていました。文中、「きさらぎ」とは二月のことで、「望月《もちづき》」とは満月のことです。また「春」は旧暦では一月・二月・三月です。

願はくば　花の下にて　春死なむ
　　そのきさらぎの望月のころ

「できるならば、私は桜の花が咲く下で、春二月の満月の夜に臨終を迎えたいと願っています」。ロマンチックなムードがただよいます。

そしてなんと、この願いどおりに西行は亡くなりました。十六日が西行の忌日であれば、彼は満月の夜に息を引き取りつつあったに違いないのです。

藤原俊成と後鳥羽上皇の感想

藤原俊成は、西行の訃報を聞いて感動し、次のような和歌を書きつけました。

かの上人、先年に桜の歌多くよみける中に、

願はくば　花のしたにて　春しなむ
　　そのきさらぎの　もちづきのころ（原文のママ）

かくてよみたりしを、をかしく見給へしほどに、つひに如月《きさらぎ》十六日望日《もちのひ》終り遂げけること、いとあはれにありがたくおぼえて、物に書きつけ侍る、

願ひ置きし　花の下にて　終りけり
蓮《はちす》の上も　たがはざるらむ

「西行上人は生前に桜の歌をたくさん詠んでいましたが、その中で『願はくば……』の歌をすばらしいと思っていましたところ、とうとう二月十六日の満月の夜に臨終を迎えたこと、たいへん感動的でめったにないことと思われます。そこで西行上人のその歌に調子を合わせて私も歌を詠みました。

前からの願いどおりに西行上人は桜の咲く下で亡くなりました。上人が極楽浄土の池の、蓮の葉の上に生まれ変わるのは間違いないでしょうよ」。

俊成は藤原定家の父で、右の話はその著『長秋詠藻《ちょうしゅうえいそう》』に記されています。俊成は西行の訃報を決して他人ごととして聞いたのではなかったのです。それは次の事情によります。

西行の生前の寿永《じゅえい》二年（一一八三）、俊成は後白河法皇に命ぜられて勅撰集である『千載和歌集』を編集することになりました。このことを聞いた西行は、この歌集に載せてもらおうと自分の和歌を集めて俊成に送りました。その中に「願はくば……」の歌も入っていたのです。そして「願はくば……」は『千載和歌集』に採用されました。つまり俊成はこの歌をよく知っていて、西行に注目していたのです。

桜の花の下で満月の夜に死にたいと詠んだ西行は、そのとおりの臨終によって歌僧として一挙に伝説上の人物となりました。自分も和歌の名人であった後鳥羽上皇は、『後鳥羽院御口伝《おんくでん》』の中で次のように西行の和歌を絶賛しています。

西行はおもしろくて、しかもこころも殊にふかくあはれなる、ありがたく出来《しゅったい》しがたきかたもともに相兼《あいかね》てみゆ。生得《しょうとく》の歌人とおぼゆ。これによりて、おぼろげの人のまねびなどすべき歌にあらず。不可説《ふかせつ》の上手なり。

「西行の和歌は興味深く、その上に心が特に深くこめられていて趣き深く、めったに完成させることができない内容でも作り上げてしまう。生まれつきの歌詠みの天才だ。だからなまじの人がまねをすることなどできない和歌である。どこが上手かと説明することもできないくらいの名人だ」。

おわりに

西行は若き日に家族への未練を捨てて出家して放浪生活に入り、和歌と桜の見方に大きな成果をあげています。その業績は疑うことができません。ただ、家族を捨てて勝手に家を出てしまったことに彼の家族は大いに迷惑を被っていたことも間違いありません。

まず、出家の決心を固めた佐藤義清（西行）が自宅へ帰ってくると、数え四歳のかわいい娘が、縁側の向こうから父親に抱っこしてもらおうと走ってきます。ここで抱いたら出家の決心が鈍ると、西行は足を上げて娘を縁側から地面に蹴落としました。娘は「泣き悲しみけれども」（徳川美術館本『西行物語絵巻』）、西行はそのまま部屋に入り、出家の決心をうら若い妻に語ります。しかし寝耳《ねみみ》に水の妻はただ泣くばかり。夜半過ぎ、もうこうしてはいられないと家を出てそれっきり。別の伝えでは、妻は心強くも夫の出家を励ましたとありますが（渡辺家本『西行物語絵巻』）、これは後世に作られた話ではないでしょうか。

娘は西行の弟佐藤仲清《なかきよ》のもとに預けました。二、三年経ったころ、西行は心配でそっと見に来ました。すると、いました娘が。門のあたりで土遊びをしていました。西行は懐かしく、かわいく思って娘をじっと見ていますと、気がついた娘が「乞食法師の見るが恐ろしやとて、内へ逃げいりにけり（貧しそうな知らない坊さんが私を見ている。怖い、といって家の中に逃げ込みました）」（渡辺家本）。西行はしょんぼり。しかし自業自得《じごうじとく》です。

やがて妻も二十三歳になった時に郊外の寺に入って出家します。それを伝え聞いて会いに行った西行は、妻から「恨んでいない」と聞いてほっとします。そのころ娘は知り合いの貴族の女性の家に預けられていましたが、十六歳の時に客分から使用人に落とされそうになりました。彼女が苦しんでいると、これまた伝え聞いた西行は怒って会いに行きます。今度はすぐ自分の父とわかり懐かしげに泣く娘に、母のもとに行って出家することを勧めます。娘はその勧めに従って母と一緒に暮らしたそうです。

家族と世間を捨てて出家し、和歌に生きる放浪生活だったはずですけれども、なかなか捨てきる心が定められない西行でした。桜とさびしさの追求は、その上での作業でした。

2　後白河法皇

～今様で乱世を生き抜く

★後白河法皇関係系図

注：【　】内は親王名または内親王名。〈　〉内は王名。

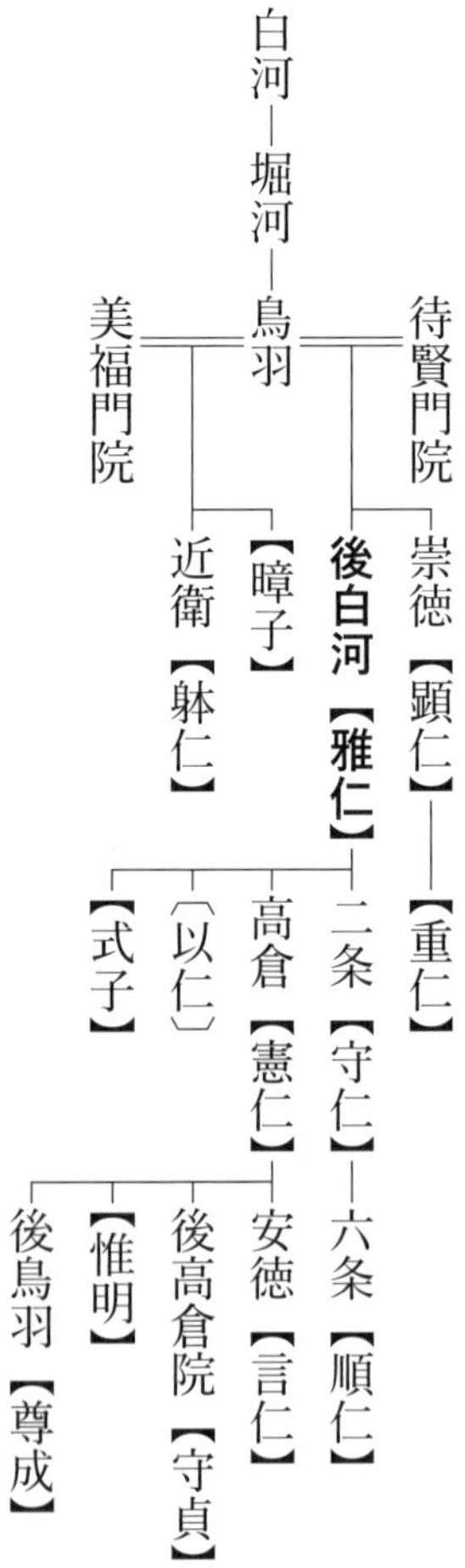

はじめに

後白河法皇は平安時代末期に即位し、やがて上皇となって院政を布き、次には出家した法皇として鎌倉時代の初めころまで活躍した人物です（安田元久『後鳥羽上皇』吉川弘文館、一九八六年）。この法皇は雅仁《まさひと》親王と称した皇子時代には即位できる立場にありませんでした。その時代、さんざん遊びまわって貴族たちを呆れさせていました。その遊びの一つが、遊女たちが仕事として行なっていた今様《いまよう》を歌うことでした。今様とは当時の流行歌のことです。歌って歌いまくって喉《のど》が腫《は》れて痛く、飲み水が通らなくなっても歌っていたと自分で書き残しています（後白河法皇『梁塵秘抄口伝集』）。

二十九歳の時に偶然の状況から天皇になると、保元の乱・平治の乱を乗り切り、以後三十年にわたって平清盛・木曽義仲・源義経・源頼朝らとの困難な政治的葛藤《かっとう》をしのぎ、貴族社会の勢力と権威の維持に奮闘しました。

後白河天皇はのちに藤原俊成に命じて『千載和歌集』を編集させました。当時の教養として天皇自身も十分に和歌は詠めましたが、和歌よりのめり込んでいたのは今様でした。

以下本項では後白河法皇の政治を見ていきながら、和歌や今様によって法皇の心を探ります。なお後白河法皇は親王の時代から天皇・上皇・法皇と称号が変化します。本書ではそれぞれの状況に合わせて称号を使い分けていきます。他の天皇についても同様です。

(1) 後白河法皇の誕生と青年時代

鳥羽天皇の皇子としての誕生

後白河法皇は大治《たいじ》二年（一一二七）に鳥羽天皇と中宮《ちゅうぐう》の待賢門院《たいけんもんいん》（藤原璋子《ふじわらのたまこ》）の子として生まれました。間もなく親王となり雅仁親王と称しました。兄に顕仁《あきひと》親王がいました。ところが顕仁親王の実際の父は鳥羽天皇ではなく、白河天皇だったようです。それを知る鳥羽天皇に顕仁親王は「叔父子《おじご》（叔父であって息子）」と呼ばれていたといいます。そして院政を布いていた白河上皇は、保安《ほうあん》四年（一一二三）、鳥羽天皇を退位させて顕仁親王を即位させていました。崇徳天皇です。

大治四年（一一二九）に白河上皇が亡くなって鳥羽上皇が院政を布くと、鳥羽上皇は待賢門院を疎外し、崇徳天皇を退位させ、寵姫《ちょうき》の美福門院《びふくもんいん》（藤原得子《ふじわらのなりこ》。皇后宮《こうごうのみや》）が生んだ躰仁《なりひと》親王を即位させました。近衛天皇です。この時わずか三歳でした。十五歳だった雅仁親王は、将来、天皇の位につく見込みがほぼなくなりました。

親王時代の和歌

雅仁親王は近衛天皇の即位で緊張の糸がほぐれたのか、元々そのような性格であったのか、遊びに夢中の生活を送るようになりました。遊びの中でも好きだったのが今様を歌うことでした。

しかしだからといって和歌を詠まなかったのではありません。雅仁親王の和歌は『千載和歌集』や『新古今和歌集』に収められています。『千載和歌集』に収められている和歌には次の詞書が書かれています。

みこ（皇子）におはしましける時、鳥羽殿にわたらせ給けるころ、池上花といへるこころをよませ給へる。

「後白河法皇がまだ親王だった時、鳥羽離宮で『池の上の花』について思うところを詠まれました」。鳥羽離宮は白河天皇と鳥羽天皇の離宮だった所です。その和歌は、

いけ水に　みぎわのさくら　ちりしきて
浪の花こそ　さかりなりけれ

「池の水に水際の桜が敷き詰めたように広がっています。まさに浪の花が盛りのように見えます」というものでした。

また同じく雅仁親王が詠んだ次の和歌もあります。これも鳥羽殿で十歳年下の異母妹暲子《あきこ》内親王（のちの八条院。近衛天皇の同母姉）に「竹は遐年《かねん》（長生き）の友」という言葉の意味するところを説明した時の歌です。

いく千代と　かぎらざりける　呉《くれ》たけや
　君がよはひの　たぐひなるらん

「幾千年と限りのない長寿を持つ呉竹は、やっとあなたに年齢が並ぶ友だちなのでしょう。おめでたいことですね」。妹の長寿を願う心が込められています。

『梁塵秘抄』と『梁塵秘抄口伝集』

後白河法皇には今様を集めた『梁塵秘抄《りょうじんひしょう》』と、今様についての考えや法皇の活動の様子などを述べた『梁塵秘抄口伝集』という著書があります。『梁塵秘抄』に収録された今様は、法皇の今様の師匠であった遊女乙前《おとまえ》の持ち歌でした（植木朝子『梁塵秘抄の世界――中世を映す歌謡――』角川選書、二〇〇九年）。

『梁塵秘抄』の執筆は治承《じしょう》年間（一一七七～一一八一）のことでした。『梁塵秘抄口伝集』は第一巻から第九巻が嘉応《かおう》元年（一一六九）ころまでに書かれ、第十巻以降が治承三年（一一七九）～四年以降に書かれたと推定されています。

ところで当時、和歌は自分の心を表現する手段としてはもちろん、天地や神々をも動かすことができるとして尊重されていました。平安時代前期の延喜《えんぎ》五年（九〇五）に成立の最初の勅撰和歌集『古今和歌集（古今集）』の「仮名序《かなじょ》」（仮名で書かれた序文）に、

やまとうたは（中略）、力をも入れずして天地《あめつち》を動かし、目に見えぬ鬼神《きじん》をもあはれと思はせ、男女のなかをもやはらげ、猛《たけ》き武士の心をもなぐさむる。

「日本の歌は（中略）、力を入れなくても人々と国土を動かせるし、死者の霊魂や天地の神霊に同情させ、男女を仲よくさせ、勇ましい武士の心をも優しくさせる」とあります。

この仮名序は優れた歌人である紀貫之によって書かれました。そして貫之は武力でなくても十分に国を治めていくことができる、その方法は歌を詠むことだと説いています。その後の貴族たちはこの精神を尊重しました。歌とはこの場合、特に五音・七音・五音・七音・七音で作られる和歌、すなわち短歌を意味しています。

ところが後白河法皇は『梁塵秘抄口伝集』で、和歌以外にも昔からの歌として神《か》楽《ぐら》・催馬楽《さいばら》・風俗《ふぞく》があると説いています。神楽は神と人の一体化をめざす歌と舞です。催馬楽は庶民の民謡を外来の楽器などに乗せて歌うものです。風俗は賀茂神社などの大神社での練習の歌・舞のことです。そしてこれらにも和歌と同等の価値を与えています。最後に、

此外に習ひ伝へたる歌あり。今様といふ。神歌《かみうた》、物様《ものざま》、田歌《たのうた》にいたるまで、ならひ多くしてその部ひろし。

「このほか以前から伝えられ、習い覚えてきた歌があります。それは今様といいます。神々への賛歌、神霊などの様子を示した歌、田楽などまで、伝えられてきた歌は多いし、その分野は広いです」と、今様を強調してこれまた和歌と同格の地位に引き上げています。

今様に没頭

後白河法皇は雅仁親王であった少年の時からずっと今様に没頭していました。そのことを後年、法皇自身が『梁塵秘抄口伝集』に書き記しています。

そのかみ十余歳の時より今に至るまで、今様を好みて怠る事なし。（中略）四季

につけて折を嫌はず、昼はひねもすうたひ暮し、夜はよもすがら唄ひ明さぬ夜はなかりき。夜は明《あけ》れど戸蔀《とじとみ》をあげずして日出《いず》るを忘れ日高くなるをしらず、その声をやまず。（中略）声をわる事三ヶ度なり。二度は法の如くうたひかはして声の出るまで歌ひ出したりき。あまりにせめしかば、喉《のど》はれて湯水通《かよ》ひしもすぢなかりしかど、かまへてうたひ出しき。

「はじめ十数歳の時から現在まで、今様を歌うことが好きでずっと続けている。（中略）春夏秋冬いつでも、昼間は一日中歌って過ごし、夜は一晩中歌い続けない夜はなかった。夜が明けても戸や蔀戸を上げずに太陽が昇るのを忘れ、陽が高くなったのを知らずに歌いやめなかった。（中略）歌い過ぎて声が出なくなることが三度もあった。その二度は決まり通りに歌い続けて、また声が出てくるまで歌った。あまりに喉を痛めたので、喉が腫れて湯水が通る隙間もなくなったが、かまわずに歌っていた」。

では今様とはどのような内容の歌詞だったのでしょうか。それは、たとえば『梁塵秘抄』に次の今様があります。

観音験《しるし》を見する寺、清水《きよみず》・石山・長谷のお山、粉河《こがわ》・近江なる彦根山、ま近く見ゆるは六角堂。

「観音菩薩が願いを聞き届けてくださるお寺には、清水寺・石山寺・長谷寺、粉河寺・近江の彦根山の寺がありますし、京都からすぐ近くに見えるのは六角堂頂法寺です」。

当時、観音菩薩はなんでも願いを聞き入れてくださると思われていました。もちろん阿弥陀仏の極楽浄土への往生の願いもです。観音菩薩を本尊とする寺々で特に霊験あらたかなのが、清水寺とそれに続く寺々です。京都の人には六角堂が近くて便利ですよと、この今様は歌い上げています。さらには、

仏も昔は人なりき、我等《われら》も終《つい》には仏なり、三身仏性《さんじんぶっしょう》具せる身と、知らざりけるこそあはれなれ。

「釈迦仏もその昔は人だったのです。私もいずれは仏になるのです。しかし私は本来、法身《ほっしん》（真理としての姿）・報身《ほうじん》（修行の結果、悟りを得た姿）・応身《おうじん》（仮にこの世に現われた姿）という三つの姿を持ち、さらに悟って仏になれる能力も持っている、と知らなかったことはまったくかわいそうなことです」と、悲哀を感じさせる今様もあります。ちなみに当時の「我等」は「私たち」という意味ではなく、「私」という意味です。

また次の今様は庶民的な男女関係を示しておもしろいです。

我をたのめて来ぬ男、角《つの》三つ生《お》いたる鬼《おに》になれ。さて人に疎《うと》まれよ。霜雪霰《しもゆきあられ》降《ふ》る水田《みずた》の鳥となれ。さて足冷《つめた》かれ。池の萍《うきくさ》となりねかし。と揺《ゆ》りかう揺り揺られ歩け。

「私をその気にさせておいて、それっきり来ないあの男。角が三本生えた鬼になってしまえ。そうして人に嫌われなさいよ。霜や雪、霰が降っている寒い水田に立つ鳥になりなさい。それで足が冷たくなってしまいなさい。また池に浮いている萍になったらいいじゃないですか。ふらふらして足元も定まらずに歩きなさいよ」。約束を破って来ない男を呪っている女。しかしそれでも男に未練がある女の心を歌っています。

若い雅仁親王はこのような今様を喉が枯れ、破れるほど繰り返し歌っていたのです。親王は今様によって貴族から庶民に至るまでの人間をよく知ることができ、それはその後の政治的活躍に非常に役立ったということでしょう。

(2) 後白河天皇の即位

思いがけない即位

久寿《きゅうじゅ》二年（一一五五）、近衛天皇が十四歳で亡くなりました。まだ若くて皇子もいなかったので、後継者争いが起こりました。

有力な候補者は、崇徳上皇の息子である重仁《しげひと》親王十六歳と、雅仁親王の息子の守仁《もりひと》親王十三歳でした。そして守仁親王が勝ったのですが、まだ二十九歳と若い父親（雅仁親王）がいるのに、それを差し置いてその子が即位するのは問題だ、という意見が出ました。院政を布いていた鳥羽上皇がその意見を了承し、それならひとまずその父を即位させようということで雅仁親王の即位となったのです。すなわち後白河天皇です。

この結論に至るまでには、利害関係を異にする皇族・貴族のさまざまな争いがありました。そして最終的に皆が納得したのは、「雅仁親王は遊び人で、政治には意欲も能力もない。彼を天皇にしても、我々の利益を害することはなかろう」という判断でした。

しかし崇徳上皇は「数《かず》のほかの四宮《しのみや》に超越せられ（能力がなくて候補の数にも入らな

かった雅仁親王に横取りされて即位されてしまった）」と嘆き恨んだと『保元物語』にあります。雅仁親王は四男なので「四宮」と呼ばれました。同書には、世の中では「文にも非ず、武にもあらぬ四の宮（学問でも劣り、武芸でも能力のない雅仁親王）」という評判であった、とあります。鳥羽上皇も「いたくさださだしく御遊びなどありて、即位の御器量にはあらずと思召《おぼしめし》て（目にあまる道楽者で、即位できる能力はないと思われた）」とあります。

雅仁親王は天皇の皇子として、学ぶべき勉強はまったくしていない、遊んでばかりいると思われていたのです。しかし親王はその遊びの中で十数年間、人間とその心を深く見つめた結果、天皇として即位してからの柔軟な、そして強敵に負けない、貴族社会を救う働きをする能力を身につけたということでした。

後白河天皇は即位の前年の久寿二年（一一五五）、のちに中宮から皇太后になる藤原忻子《よしこ》を妃として迎えています。『千載和歌集』には、その藤原忻子との初めての夜の翌朝に詠んだ歌が載っています。これは好きな今様ではなく、尋常な和歌です。

よろづ代を　ちぎりそめつる　しるしには
かつがつけふの　暮ぞひさしき

「昨夜、これからは永久に離れたくないと初めての契りをかわしたよね。もう、また今日の夕暮れに会うことが待ち遠しくてならず、これからの一日が長く感じられるよ」。

保元の乱と崇徳上皇

後白河天皇即位の翌年の保元元年（一一五六）、鳥羽上皇が亡くなると、憤懣《ふんまん》やるかたない崇徳上皇は左大臣藤原頼長らを語らって天皇に戦いを挑みました。しかし天皇の乳人《めのと》の藤原通憲《みちのり》（信西《しんぜい》入道）らは、関白藤原忠通《ただみち》（頼長の兄）らを味方につけ、また平清盛・源義朝らの武家勢力を集め、上皇方を打ち破りました。

崇徳上皇を讃岐国に流す

後白河天皇は崇徳上皇を讃岐国《さぬきのくに》に流しました。上皇が讃岐で詠んだ和歌があります（『保元物語』）。

浜ちどり　跡《あと》は都へ　かよへども
　身は松山に　音《ね》をのみぞなく

「浜千鳥の足跡のような筆跡で書かれた朕《ちん》の手紙は京都へ届くけれども、朕自身は京都を恋しく思って松山で千鳥のように泣いてばかりだ」。「浜ちどり」は、その足跡から「跡」という言葉を導き出す枕　詞《まくらことば》です。「松山」は「讃岐国」の枕詞です。崇徳上皇は優れた歌詠みでした。そして八年後の長寛《ちょうかん》二年（一一六四）、現地で四十六歳の一生を終えました。

⑶ 後白河上皇と平氏政権

平清盛　保元三年（一一五八）、後白河天皇は息子の守仁親王を即位させて二条天皇とし、以後上皇・法皇として三十四年間にわたって院政を布きました（数年間の中断はありましたが）。その間、平治の乱を乗り越え、武力にものを言わせる平清盛・木曽義仲・源頼朝らと政治的争いを繰り広げ、朝廷と貴族勢力の防衛・維持に尽力しました。

平清盛は父忠盛の代から朝廷の武家貴族として活躍していました。もともとは伊賀《いが》の国《くに》（三重県）が基盤で、瀬戸内海に進出して西国に勢力を広げていました。またこれも父の代から財力豊かなことでも知られていました。『平家物語』に清盛の若いころは大変貧乏で、人の走り使いをしていたとありますが、これはまったくの作り話です。清盛は、平治元年（一一五九）の平治の乱で源義朝を打ち破ったことをきっかけとして、勢力を大発展させました（拙著『中世を生きた日本人』「平清盛──貴族と武士のはざまで――」学生社、一九九二年）。

この平治の乱の時、清盛が勝利を大鳥《おおとり》神社（大阪府堺市）に祈願した際に詠んだ和歌が『平治物語』にあります。和歌中、「かひご」は「卵」、「帰り」は「孵《かえ》る」に掛けています。

かひごぞよ　帰りはてなば　飛びかけり
　育《はぐ》くみたてよ　大鳥の神

「私、今は鳥の卵のような状態です。でもその卵が孵って京都に帰り着きさえすれば、空を駆け巡って敵を倒せます。大鳥の神よ、どうぞ私を守ってお育てください」。

平治の乱は平清盛と源義朝の戦いです。義朝は清盛の熊野参詣旅行中を狙って京都で兵を挙げました。急使を受けた清盛は急いで京都へ戻らないと義朝に京都を占領され、自分は朝敵として追討されかねません。必死に京都へ戻る途中の大鳥神社で戦勝祈願をし、和歌を詠んで奉納したのです。清盛の和歌で伝えられているのは、これ唯一つです。

勝利を得た平清盛は摂関家と結んで勢力を伸ばしました。また妻の時子《ときこ》の妹滋子《しげこ》を後白河上皇の後宮に入れ、生まれた憲仁《のりひと》親王を即位させました。高倉天皇です。さらに高倉天皇の妃に娘の徳子《のりこ》を入れ、誕生した言仁《ときひと》親王を安徳天皇として即位させています。清盛は、まさに平安貴族が理想とした天皇の外戚となるという夢を実現させたのです。この間、武家としては初めての太政大臣にもなっています。

清盛の勢いに対して、後白河天皇は巧みに対処しました。進んでは平家打倒の企ても計画しましたが、これはうまくいかず、院政中断に追い込まれています。

反平家の動き

後白河天皇は嘉応元年（一一六九）に出家して法皇となりました。

その十一年後の治承四年（一一八〇）、法皇の息子の以仁《もちひと》王が源頼政《みなもとのよりまさ》の協力を得て平家打倒の令旨《りょうじ》を発しました。これをきっかけに、平治の乱で伊豆国《いずのくに》（静岡県）に流されていた源頼朝をはじめとして、各地の源氏その他が挙兵しました。

「令旨」は男性なら皇太子や親王でなければ発することはできません。以仁「王」なら格下の「御教書《みぎょうしょ》」であるべきなのですが、彼は嘘《うそ》をついて「令旨」として発しました。以仁王の存在自体が地方にはあまり知られていなかったので可能だったのでしょう。しかしそれが嘘であることが問題になるより、平家に対する強い反発が各地に広がっていました。

以仁王は敗死し頼朝の挙兵もいったんは失敗しましたが、頼朝は勢力を盛り返して鎌倉に入り、そこを本拠として関東地方とその付近を勢力下に収めました。また信濃《しなの》国《くに》（長野県）で挙兵した木曽義仲も大きな勢力となりました。

これに対して平家方では翌年に清盛が亡くなり、後を継いだ息子の宗盛《むねもり》は防戦に追われ、やがて京都へ攻め込んできた義仲のために瀬戸内から九州へ逃げました。安徳天皇も三種の神器とともに連れていかれました。でも天皇がいなければ京都の朝廷は国家支配ができません。仕事が滞ります。後白河法皇は決心して院宣《いんぜん》をもって安徳天皇の弟尊成《たかひら》親王を即位させました。後鳥羽天皇です。寿永《じゅえい》二年（一一八三）のことでした。

この間、後白河法皇は悩んだに違いありません。その悩みを解決するために神仏に祈ったことでしょう。治承三年～四年（一一七九～一一八〇）以後に第十巻以降が書かれたと推定されている『梁塵秘抄口伝集』は、まさにこの悩みの時代の執筆です。法皇にとって少しの油断も許されない時期です。その間に、一方では今様に集中していたのはどのような意味があったのでしょうか。

今様が心の拠りどころ

『梁塵秘抄口伝集』に次のような今様の価値を強調した文があります。

此《こ》の今様、けふあるおとつにあらず。心をいたして神社仏閣に参りて歌ふに、示現《じげん》をかうぶり望む事叶《かな》はずといふことなし。つかさを望みいのちをのべ、病《やまい》をたち所《どころ》にやめずといふ事なし。

「この今様は、今日や一昨日にできたものではなく、ずっと昔からあった。願いごとがある時には心を込めて神社や寺院にお参りして歌うと、神仏が現われて導きのお告げを下さり、願いが叶わないということはない。官職を得る願い、長生きの願い、病気のすぐさまの回復の願いも達成できないことはない」。

後白河法皇の苦しい時の神頼みは、神社・寺院で心を込めて今様を歌うことだったのです。それは鎌倉時代の後半、蒙古襲来という国家の大危機を乗り越えるために、幕府の若き指導者北条時宗が禅宗寺院にひたすら参禅したことが思い合わされます。

(4) 鎌倉幕府の成立

源頼朝

頼朝は弟の範頼・義経に指揮させて大軍を西国に送り、まず義仲を倒し、次には宗盛の平家を壇ノ浦で全滅させせました。一方、後白河法皇は勢力が強大になりつつある頼朝を義経を使って抑えようとしましたが、失敗しました。義経は頼朝に追われて奥州に逃げました。頼朝は朝廷の中では摂関家の九条兼実《くじょうかねざね》と結びました。兼実は平家のもとでは不遇だったのです。兼実は頼朝の後押しで摂政そして関白と昇任していきます（拙著『関白九条兼実をめぐる女性たち』自照社出版、二〇一二年）。

文治元年（一一八五）以降も、後白河法皇は頼朝のいろいろな要求に耐えて貴族社会を守っていきます。建久《けんきゅう》三年（一一九二）三月に後白河法皇が亡くなると、九条兼実は頼朝が征夷大将軍《せいいたいしょうぐん》に任命されるように取り計らいました。同年七月のことでした。

なお従来、頼朝は征夷大将軍を切望していたというのが通説でした。近年、頼朝が望んでいたのは「大将軍」であり、「征夷大将軍」ではなかったという事実が解明されています（下村周太郎「《頼朝と征夷大将軍任官》そもそも、源頼朝は征夷大将軍を望んではいなかった？」関口崇史編『征夷大将軍研究の最前線』洋泉社、歴史新書、二〇一八年）。

『千載和歌集』の編纂

後白河法皇は藤原俊成に和歌集の編纂を命じました。寿永二年（一一八三）二月のことといいます（『拾芥抄《しゅうがいしょう》』）。ただ『親宗卿記《ちかむねきょうき》』には、それはこの五年ほど前のことであったと記されています。完成したのは文治四年（一一八八）四月でした。

『千載和歌集』は、『古今和歌集』を第一番目とする勅撰和歌集の第七番目です。この和歌集には平明温雅な叙情性《じょじょうせい》や、俊成が唱えた本歌取り《ほんかど》などが特色として示されています。

法皇の最晩年

老年の域に入った後白河法皇は、次の和歌を詠みました（『千載和歌集』）。

思ひきや　年のつもるは　忘られて
　恋に命の　絶えんものとは

「朕はずいぶん年を取っているのに、それを忘れてしまって若い人のように恋愛で死にそうになるとは思いもしなかった」。

さて後白河法皇は六十代に入って病いの床に伏すことが多くなりました。病気が重くなったある雪の朝、心の中を詠んだ次の和歌があります（『新古今和歌集』）。

露の命　きえなましかば　かくばかり
　ふる白雪を　ながめましやは

「寝ていた夜のうちに夜露《よつゆ》のようにはかないこの命が消えてしまっていたなら、今朝このように美しく降る雪を見ることができただろうか」。

建久三年（一一九二）、後白河法皇は六十六歳で亡くなりました。

おわりに

後白河法皇が政治に忙しくしていたある日、八十四歳になった今様の師匠乙前が重い病気になって寝込みました。法皇は、「まだ大丈夫です」と伝え聞いてそのままにしておいたのですが、間もなく「危なくなりました」と聞いてお忍びで駆けつけました。

娘に介助されて起き上がった乙前に、法皇は病気回復に効果があるとされていた

『法華経』一巻を読んであげました。その後、「今様を歌おうか、聞くかい？」と尋ねますと、乙前は「喜びていそぎうなづく」（『梁塵秘抄口伝集』）。そこで法皇は、

像法転《ぞうぼう》じては、薬師の誓いぞたのもしき、一《ひと》たびみなをきく人は、万《よろず》の病《やまい》なしとぞいふ。

「今は像法の世が終わって末法の世に入っているので、もう自分では自分の病気は治せません。薬師如来の人々の病気を治してあげようという誓いこそ、頼りになります。一たび『薬師如来』というお名前を聞いた人は、どんな病気でも治ります」と二、三回繰り返して歌って聞かせると、乙前は、

経よりもめでいりて、これを承《うけたまわ》るぞ命もいき候ぬらんと、手をすりてなくなく喜びしありさま、哀《あわれ》に覚て帰りにき。

「お経を聞くよりうれしそうで、『これをお聞きして、長生きできると思いますよ』と合掌の両手をこすり合わせつつ、泣きながら喜んだ。その様子に朕は心を打たれて帰った」と法皇は述べています。乙前はほどなく亡くなりました。二月二十九日でした。

この挿話から後白河法皇と乙前との心の通い合いが思われますし、またあらためて

今様が法皇の心の拠りどころになっていたことも思わせます。

3 白拍子静御前

～舞と歌に生きる誇り

★静御前関係系図

磯禅師―**静御前**

静御前＝源義経
　｜
　男子

平時忠―蕨姫＝源義経

河越重頼―郷御前＝源義経
　｜
　女子

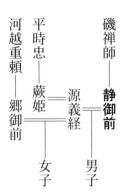

はじめに

静御前《しずかごぜん》――静は平安時代末期から鎌倉時代にかけて生きた白拍子《しらびょうし》です。源義経の妻の一人であった女性です。イメージとしては妻というより、現代風にいえば愛人でした。二人は悲運によって離ればなれになり、夫の兄の冷酷な源頼朝のために二人の間に生まれた男児が殺されてしまった、不幸な女性――というように伝えられてきました。義経は源平の戦いで大きな功績があった武将でした。しかし頼朝のために破滅の道を進まざるを得なかったとされ、それが静の不幸さを増幅させていました（拙著『鎌倉時代の人物群像』「静御前」筑波大学日本語・日本文化学類、二〇〇三年）。

では実際の静はどのような女性だったでしょうか。弱々しい女性だったのでしょうか。ところが静が生きた時代、女性は現代の私たちが思う以上にずっと自立していました。静は悲運に泣く弱い女性、だけではなかったはずです。本項では静という白拍子として舞と歌に生きた誇り高い女性の心を見ていきます。

⑴ 白拍子静御前

源義経との出会い

静の生まれた年や場所などはわかっていません。静の生活も義経と知り合う以前のことは不明です。白拍子であったということがわかっているだけです。

静と知り合ったころ、義経は後白河法皇から検非違使《けびいし》尉《のじょう》という職をもらっていました。「尉」とは検非違使の第三等官で、その検非違使とは現在でいえば警察官の役です。京都を中心とした畿内の治安を担当していました。

検非違使尉は検非違使判官《はんがん》ともいいました。判官は尉の中国風の呼び方です。この尉に任命された者は奈良時代以来大勢いました。しかし歴史的には義経だけが強く意識され、義経の場合のみ、判官を「ほうがん」と呼ぶようになって現在に至っています。

そして義経が兄との争いで負けたことを、いつの間にか「義経の方が正しいのに負けた、気の毒だ」とする同情心が生まれました。その同情心、つまりは弱い者に味方する気持を「判官びいき」と呼ぶようになりました。この言葉は江戸時代に盛んに使われました。

男舞の白拍子

静は白拍子でした。「白拍子」はもともとあるリズムの名称でした。そのリズムに合わせて歩き回り、歌い舞うことも、歌い舞っている人も「白拍子」といいました。それは女性でした。その女性は、烏帽子《えぼし》をかぶり水干《すいかん》を着て太刀《たち》を帯《は》いた男性の姿で、今様を歌いながら舞いました。

白拍子の芸の基本はリズム（拍子）にあり、同じ「白拍子」と呼ばれた女性が拍子に合わせて今様や和歌などを歌い、拍子で踏み回るものでした。

白拍子の演技は前段・後段の二段構成でした。前段は今様などを長く歌いながら、拍子に合わせて静かに大きく踏み回ったのです。後段は乱拍子《らんびょうし》（特殊な足遣いで踏み回る）のリズムに合わせ、和歌を歌いながら激しく床を踏み、舞い回りました。ここは「セメ」と呼ばれ、どのような和歌を歌うかが白拍子のセンスの見せ所でした。聴衆をいかに感動させるかはここで決まるのです。この白拍子については、『平家物語』に出る話が有名です。

『平家物語』の仏御前

『平家物語』巻第一「義王《ぎおう》」には若い白拍子仏御前《ほとけごぜん》が平清盛の屋敷に乗り込み、芸を披露する話が載っています。仏は招待もされないのにいきなり清盛を訪ねたのです。清盛は、「押し付けがましい」と不愉快だったのですが、取りなす者がいて気分を変えて対面します。そして「対面したからには、まず歌を聞いてみたいものだ。今様を一つ歌っておくれ」と命じました。そこで仏は次の今様を三回繰り返して歌いました。

　君をはじめて見るときは
　千代《ちよ》も経ぬべしひめ小松
　おまへの池なる亀岡《かめおか》に
　鶴こそむれゐてあそぶめれ

「殿様に初めてお目にかかりましたが、お庭先には小さいけれども千年も長生きするでしょう松があり、お池には万年生きる亀のような形をした岡に、めでたい鳥の鶴が群がって遊んでおります。殿様のいつまでも続く繁栄を示しているようです」。仏は清盛の繁栄を寿《ことほ》いでいます。

するとするよく気分をよくした清盛は、「そなたの今様は立派だ。これならきっと舞も上手だろう。一つ見たい」と、家来に鼓《つづみ》を打たせて仏に舞わせました。

仏はみめかたちよく、声もよく、節回《ふしまわ》しも上手でしたので、舞も失敗するはずもな

く、きれいに舞いました。最後に、

君が代を　ももいろといふ　うぐひすの
声のひびきぞ　春めきにける

とうたひて踏みめぐりければ、（以下略）

「殿様の栄えが百年も続きますようにとさえずる鶯の声も、すっかり春らしくなりました、と和歌を歌いながら踏み回りました」ということでした。この和歌の中の「ももいろ（百色、桃色）」は鶯の美しいさえずりをいう和歌の用語で、これに「百年（ももとせ）も続く」というお祝いの意味を重ねています。

仏の舞は前述した白拍子の後段の部分、和歌を歌い力強く踏み回る「セメ」にあたります。前段は今様でした。後段では和歌を歌ったのです。

仏が無断で押しかけてきて不愉快だった清盛を取りなしたのは、同じく白拍子だった義王（祇王）という女性でした。清盛に気に入られ、妹の白拍子義女《ぎにょ》（祇女）とともに清盛の屋敷に住んでいたのです。『平家物語』は、今度は仏が清盛に留められて義王・義女が追い出され、のちにはこの白拍子三人が出家隠遁する話を描いています。

⑵　静と源義経の逃避行

平家が全滅したあと勢力が増大した頼朝に対し、後白河法皇は義経その他頼朝に比肩《ひけん》しうる者に勝手に官職を与えて手なずけ、切り崩しを図ります。これは頼朝が強く警戒していたことです。義経の検非違使尉はまさにこれで、頼朝は非常に怒りました。政治的判断力に欠ける義経は、「法皇から役職をもらうのは源家にとって名誉。それがなぜいけないんだ」という意識でした。さらに義経は法皇の院御厩司《いんみまやつかさ》になりました。法皇の厩や牧場を管轄する役です。つまり義経は法皇の私的な家来にもなってしまったのです。頼朝はなおさら許せません。

義経の没落

続いて後白河法皇は頼朝を「朝敵」とし、追討役を義経に命じます。しかし京都内外の武士は義経に協力せず、失意の義経は難波浦《なにわのうら》（大阪府）から九州へ逃げて再起を図ろうとします。でも嵐で船団は四散、義経は奥州の藤原秀衡《ひでひら》を頼って陸上を潜行《せんこう》します。頼朝は法皇に強く抗議したので、法皇は「頼朝は朝敵」を撤回し「義経は朝敵」と変更します。

義経は吉野山まで逃げて、そこで僧兵を頼ることができました。しかし吉野は女人《にょにん》禁制《きんぜい》でしたので一緒に来た静は別れねばなりませんでした。

捕らわれて鎌倉へ

残された静は京都へ戻る途中で捕まり、鎌倉に送られました。そして義経の居場所《いばしょ》を白状するように追求されます。しかし知りようのない静は答えられませんでした。やがて静は義経との間の子を身ごもっていることが明らかになります。その子が生まれるまで静は鎌倉にいるよう命じられました。

⑶　静、鶴岡八幡宮で歌と舞を奉納

静、鶴岡八幡宮で歌い舞う

子どもの誕生の前に、静は鶴岡八幡宮の回廊《かいろう》で芸を奉納することになりました。北条政子の勧めで頼朝が命じたのです。静は嫌でしたが、結局受け入れざるを得ませんでした。

神社への奉納ですから、鎌倉幕府の安泰と発展それから頼朝の繁栄を祈ることが目的となります。天下に名の知られた白拍子静。その芸が見られるよい機会なので、政子や多くの武士たちも見物していました。工藤祐経《くどうすけつね》が鼓を打ち畠山重忠《はたけやましげただ》が銅拍子《どびょうし》を打ちました。静はまず次の歌を歌いました。拍子に乗せて静かに舞い回ったものと推定されます。

よしの山　みねのしら雪　ふみ分て
　いりにし人の　あとぞこひしき

「吉野山の、峰に積もる白雪を左右に分けるように踏みしめながら、山の奥に消えていったあの人が恋しい」。言うまでもなく義経を慕う歌です。去っていく義経を見送った切ない心を歌っています。義経は朝敵、頼朝の敵です。このような鶴岡八幡宮の宝前で歌ってはいけないのです。武士たちは驚いたでしょう。加えて権力者頼朝を恐れない静の凛々《りり》しさに感動もしたことでしょう。続いて静は別の歌、恐らくは幾つかの今様を三度ずつ歌い舞ったのち、次の和歌を歌いました。

しづやしづ　しづのをだまき　くり返し
　昔を今に　なすよしもがな

「おだまき」というのは、蚕から糸を取ってぐるぐる巻く道具です。「身分の低い山の女の人たちが糸を取る時に巻いているおだまきのように、時代をぐるぐる回して昔を今に移すことはできないものでしょうか」。つまり昔、頼朝と義経が仲よかった時代に返したいと静は言うのです。回廊を白拍子の単純なメロディに乗って強く踏みしめつつ回り、きれいな声で力強く歌って舞い納めました。変則的ながら白拍子の前段の動き・後段の動きという構成に沿って、自分の心を強調しつつセメの芸を見せたのです。

これを聞いて武士たちはさらに驚きます。そんなことを言ったら絶対ダメだ。静は殺される。はたして頼朝はカンカンに怒り、座っている桟敷《さじき》の御簾《みす》を下ろさせてしまいます。

その時、頼朝の傍にいた政子が夫をなだめました。静の気持は無理もないというのです。女の人の気持はこんなもの。静の夫義経は今どこにいるか、わからないのです。生きているか死んでいるかもわからない。しかもお腹の中に子どもがいますし、夫を慕う気持は女だったら誰でも同じ、そう怒らないであげてほしい。私も昔、あなたが挙兵して石橋山の戦いで敗れ、行方不明の時は不安でたまらなかった、今の静の気持はまさにその時の私の気持です、と静をかばうのです。『吾妻鏡』文治二年（一一八六）四月八日条に、次のようにあります。文中、「予州《よしゅう》」とは伊予守《いよのかみ》であった義経のことです。

石橋の戦場に出で給うの時、独り伊豆山に残留す。君の存亡を知らず日夜魂《たま》を消

す。其の愁《うれい》を論《い》わば、今の静の心の如し。予州との多年の好《よしみ》を忘れ、恋い慕はざるは貞女の姿に非ず、

「あなたが石橋山へ戦いに行った時、私は一人で伊豆山神社に残りました。戦いで負け、あなたが生きておられるか死んでおられるかもわからず、毎日毎夜生きた心地がしませんでした。その時の心配の気持はまさに今の静の気持です。義経殿との長年の愛情を忘れ去り、義経殿を恋い慕わなくなっていれば、それは妻の正しい姿ではありません」。

頼朝は「そんなものか」としぶしぶうなずき、あとで静に纏頭《てんとう》（祝儀・心づけ）として卯《う》の花重ね（表が白で裏が青の布の着物）を与えています。この和暦四月八日は、西暦一一八六年四月二十八日です。そろそろ蒸し暑くなりかかる時期に適した、涼しげな纏頭です。頼朝も気分を直した（直した風を見せた）のでしょう。まさに白拍子静の心意気が会場を圧倒したということです。

無神経な若侍たち

鎌倉において次のようなこともありました。高名な白拍子を見ようと、一夜、幕府の有力者梶原景時《かじわらかげとき》の息子景茂《かげもち》ら数人の若侍が静の所に押しかけてきて、静に「今様を歌え、酒を飲ませよ」と無神経に要求しま

す。やむなく接待した静に、景茂が言い寄ったのです。しかし静は悔しがって涙を流し、次のように言い放ったそうです。『吾妻鏡』文治二年五月十四日条に、その言葉が記されています。

予州は鎌倉殿の御連枝《ごれんし》なり。吾は彼の妾《しょう》なり。御家人の身として争《いかで》か普通の男女と存ぜんや。予州牢篭《ろうろう》せずんば、和主《わぬし》との対面猶《なお》し有るべからざる事也。況《いわ》んや、いまの儀に於いてをや。

「義経様は頼朝様の弟で、私はその妻です。お前は家来の身分なのに私に言い寄っていいと思っているのですか。義経様が苦境になければ、私はお前などに会うこともない。ましてお前に言い寄られる筋合いはない」。景茂は言い返すこともできず、面目を潰しました

静の言動は彼女のみならず白拍子一般の気位《きぐらい》の高さ、凛々しさを思わせます。

義経の子を生む

やがて誕生した義経の子は男子でした。隣りの部屋には頼朝の使者が待ち構えていました。『吾妻鏡』文治元年（一一八五）閏七月二十九日条に、

静男子を産生す。（中略）御使《おんつかい》、彼の赤子《あかご》を請け取らんと欲す。静、敢て之を出

さず、衣を纏《まと》ひて抱き臥し、叫喚数刻《きょうかんすこく》に及ぶ。

「静は男子を生みました。（中略）頼朝殿の使者は、その赤ん坊を受け取ろうとしましたが、静は渡そうとはしませんでした。着物を被って横になったまま抱き込み、大声で数時間泣き続けました」。

結局その男子は使者に取り上げられ、頼朝のもとに運ばれました。頼朝は、女子なら母に返す。しかし男子だから成人したら私を敵と狙うだろう。今のうちに殺してしまおうと家来に命じ、鎌倉の浜辺の由比ヶ浜で海水に漬《つ》けて殺させました。

政子はとても気の毒がり、海水に漬ける直前に頼朝をしきりに諫《いさ》めましたが、かないませんでした。頼朝はなんと冷酷、というのが特に江戸時代以来の評価でした。しかし現在ではこれとは異なる見解が出されています。

それは、男子は父の身分や立場を引き継ぎ女子は母のそれを引き継ぐという慣行であった、という考え方に基づきます。つまり義経は朝敵、捕まれば死刑、したがって子が男ならばその子も朝敵、罪を免れず死刑となる。女ならば朝敵ではない静の立場を引き継ぐから罪はなく、生きることができるということです。

死刑の場合、成人男子ならば切腹または打ち首です。女子と子どもの場合は水死させます。したがって「罪のない静の娘」ではなく、「朝敵義経の息子」はどう扱うべきか。頼朝は無慈悲ではなく、当時の慣行にしたがって処分しただけということになります。

⑷　その後の静と義経

京都に向かった静

傷心《しょうしん》の静は一緒にいた母の磯禅師《いそのぜんじ》とともに京都に向かいます。九月十六日のことでした。気の毒に思った政子は、娘の大姫《おおひめ》とともに静を訪ねて慰め、高価な餞別を与えて送り出しています。その後の静の動向はわかっていません。

平泉の義経

平泉に逃げ込んだ義経は奥州の支配者藤原秀衡に守られていました。しかし秀衡の没後、跡を継いだ息子の泰衡《やすひら》は頼朝からの圧力に耐え切れずに義経を殺しました。その泰衡も大軍で攻め込んできた頼朝軍に敗れ、百年の栄華を誇った奥州藤原氏は滅びました。文治五年（一一八九）のことでした。『源平盛衰記』に、義経は討たれる直前、次のような辞世の句を詠んだとあります。

思ふより　友を失ふ　源の

家には主《あるじ》　あるべくもなし

「兄の頼朝のように、自分の心から湧き出た疑いで親しい者を滅ぼしてしまう源氏の家には、一族を守るべき長など期待できない」。

この和歌には「思ふ〝より　友〟（頼朝）」と、「頼朝」の名が詠み込まれています。頼朝を非難しています。この和歌のように、確かにこれから三十年あまり後、実朝暗殺によって頼朝から始まる鎌倉将軍家としての源氏の血筋は絶えてしまいます。

ただ義経にこのような予言ができるわけもなく、この和歌は後世に作られた『源平盛衰記』の著者の創作であることは明らかでしょう。

おわりに

源義経が静を伴って京都を出、逃避行に向かった時、実は京都には静の他に二人の妻がいました。一人は平　時忠《たいらのときただ》の娘の蕨姫《わらびひめ》です。蕨姫という名は能登国《のとのくに》（石川県）の伝承で、本名は不明です。もう一人は武蔵国《むさしのくに》の豪族河越重頼《かわごえしげより》の娘郷御前《さとごぜん》です。

時忠は平清盛の妻平時子《ときこ》の弟で、平家全盛時には「平家にあらずんば人にあらず」（『平家物語』）と宣言しておごった人です。壇ノ浦の戦いで家族もろともに捕虜となり、京都に連れてこられました。時忠は西国に持っていった三種の神器のうち、八咫《やたの》鏡《かがみ》を義経に差し出しました。身の安全を図るためです。あわせて娘の「蕨姫」も「妻にしてください」と義経に結婚してもらいました。『平家物語』巻第十「平家一門大路渡《おおじわた》し」に、義経は、

(蕨は)優《ゆう》にやさしき人なれば判官よろこび給て、もとの上、河越の太郎重頼が娘もありしかども、別の御方に尋常にもてなされけり。

「蕨は上品でやさしい姫君なので、義経は喜ばれて、もとからの妻である河越太郎重頼の娘もいたのですが、別の場所に住まわせて、この上なく大事にされました」そうです。没落した義経が京都を離れてから蕨姫はどうなったか。正確な状況は未詳ですが、石川県には多くの伝説が残っています。

一方、河越重頼の娘は郷御前といい、頼朝の命令で義経の嫡妻《ちゃくさい》として寿永三年(一一八四)に京都に上って結婚していたのです。頼朝と仲が悪くなった義経が没落して京都を離れた時、静は一緒に行きましたが、蕨と郷は行動を共にしませんでした。それどころか郷の父重頼は朝敵義経の岳父《がくふ》だというので警戒されて頼朝に殺されています。

約二年後、義経が奥州平泉に逃げ込みます。それが明らかになると、隠れ住んでいたであろう郷は夫を慕って平泉へ行き、再び夫婦生活を始め、女の子まで生まれます。さらにその二年後の文治五年（一一八九）、義経が藤原泰衡に襲われ討たれた時、郷も女の子ももろともに死んでしまうのです。義経の妻には静以外にも悲話があったのです。

4　藤原定家

～和歌の伝統と革新に生きる

★藤原定家関係系図

注：点線（‥）は養子を示す。

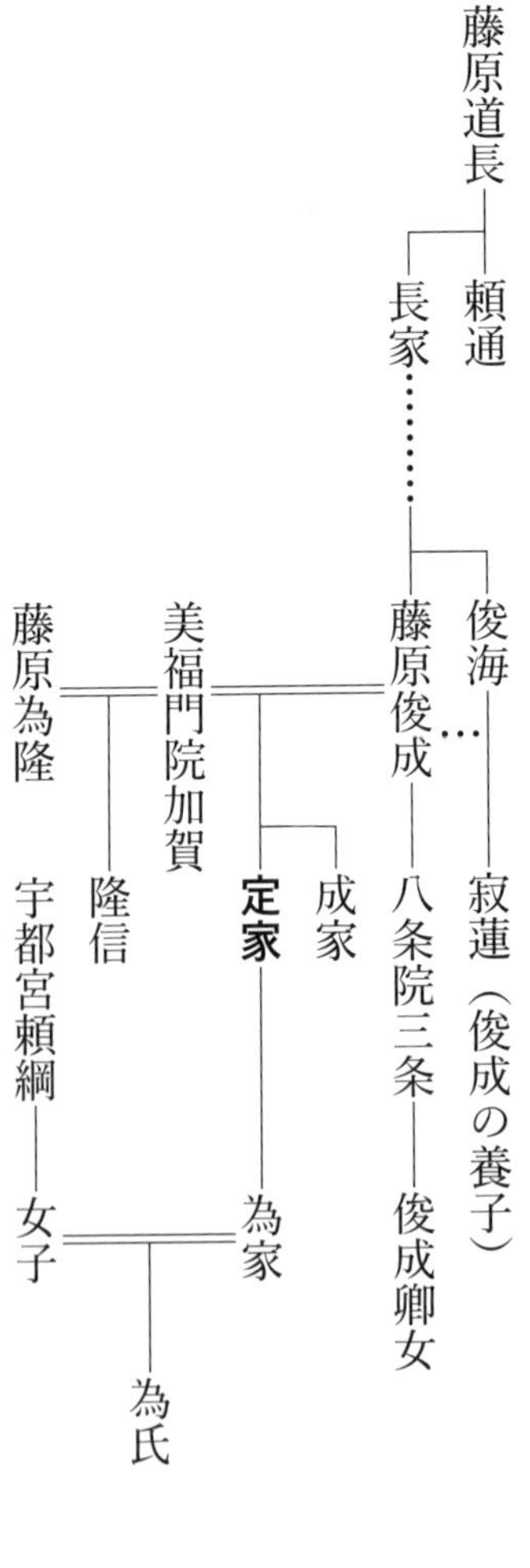

はじめに

藤原定家といえば、鎌倉時代の和歌の名人で後鳥羽上皇の勅撰和歌集『新古今和歌集』の編纂者、さらには今日でも有名な『小倉《おぐら》百人一首』の選者です。古い時代の歌人としてはもっともよく知られている人の一人でしょう。優れた歌人には違いありませんし、勅撰和歌集の編纂者に選ばれるくらいですから周囲の評価は高かったのでしょう（拙著『中世を生きた日本人』「藤原定家――政治としての和歌に生きる――」学生社、一九九二年）。

しかし定家は当時一般の考えとは異なる和歌観と心を持っていました。たとえば、『新古今和歌集』に収録された藤原清輔《きよすけ》の和歌に、

ながらえば　又此頃《このごろ》や　忍ばれむ
　うしと見し世ぞ　今は恋しき

「今後長生きをすれば、また今の時期が懐かしく思い出されることもあるでしょう。嫌な世の中だとあのころは思っていましたけれども、今では懐かしく、またあの時代に戻りたい気分です」があります。この和歌で言いたいことは、「今は悲しい、辛い、

苦しい」ということなのです。しかし定家は単純にそのような気持を出すのはよくない、複雑に思考を凝らした表現にすべきだ、この清輔の和歌のように、と教えます。ところがやはり和歌が得意だった後鳥羽上皇は、次のような『万葉集』に出る大《おお》伴旅人《とものたびと》の和歌の方があるべき姿だと主張します。

世の中は　空しきものと　知る時し
　いよよますます　かなしかりけり

「この世には何もほんとうのことがなく寂しいのだとわかると、さらにいっそう切なく悲しくなります」。後鳥羽上皇は、この和歌は自分の気持がそのまますなおに表現されている、こういう歌がいいのだと定家を批判しています。

以下、本項では歌を詠む生活を軸にした藤原定家がどのような心を持って生きていたのか、その和歌を通して見ていきます。

(1) 和歌の家に生まれる

藤原俊成の子として誕生

定家は応保《おうほう》二年（一一六二）、中級貴族の藤原俊成の次男として生まれました。俊成は有名な歌人ですが、すでに四十九歳、それに正四位下左京大夫《さきょうのだいぶ》というあまり高くない官位官職にいました。母は鳥羽天皇の皇后美福門院《びふくもんいん》に仕え、美福門院加賀または五条局《ごじょうのつぼね》と呼ばれていました。母は再婚で、前の夫である藤原為隆《ためたか》との間に藤原隆信《たかのぶ》という息子がいます。隆信は似絵《にせえ》（肖像画）の名手として知られた人物です。

この定家の父と母がはじめて交わした贈答歌が『新古今和歌集』に載っています。まず父俊成の和歌です。俊成は嵯峨野でちらりと見た女性つまり母美福門院加賀に何度か文を送りましたが、返事がまったく来ませんでした。それでこの和歌を送りました。

よしさらば　のちの世とだに　頼めおけ
　辛さにたへぬ　身ともこそなれ

「あなたが私を振り向いてくださらないのでしたら、それは仕方がありません。それならせめて来世には会うと約束してください。私は、あなたに振られる辛さに耐えられず、死んでしまうこともあるでしょうから」。このように迫る俊成に対して、母美福門院加賀は、

頼めおかむ　たださばかりを　契りにて

憂き世の中の　夢になしてよ

「来世で会うことは約束しましょう。でもその約束だけをあなたとの契りとして、それ以上は辛いことの多いこの世で見た儚い夢と諦めてください」とあしらったのです。

しかしやがて二人は現世で結ばれ、なんと十人もの子女を儲ける仲となりました。定家はその二番目の子で、次男です。

美福門院加賀は紫式部の追善供養の法要をするほど『源氏物語』に傾倒していました。当時、和歌を詠むには『源氏物語』の知識が必須とされていましたから、定家にとってもこの母はありがたい存在だったでしょう。

御子左家

俊成の家は数多くの藤原一族の中でも「御子左《みこひだり》」と呼ばれる系統の家でした。その先祖は藤原道長《みちなが》から出ています。道長は摂関政治の全盛期を作り出した貴族で、正一位摂政まで昇りました。息子の頼通《よりみち》に至っては摂政と関白合わせて五十年間もその職についています。

道長の第六男に長家という人物がいて、その系統を御子左家と称したのです。しかし御子左家は藤原氏の傍流でしだいに官位・官職も落ちていきました。

出世に不満な父子

俊成はずっと出世に執着していました。父祖と同じ程度の官位・官職に昇りたいのです。次の和歌は、俊成の六十歳を過ぎたころの歌と推定されています。

枯れがれに　なりこし藤《ふじ》の　末なれど
　まだ下枝《したえだ》とは　思はざりしも

「私の家は藤原氏ですけれども、主流の幹から遠く離れて枯れ枝のようになってしまいました。でもまだ藤原氏としての誇りがありますし、最も低い枝になったとは思っていません。しかし、どうもそう思わざるを得ないような状況です」。

この危機感と愚痴の心は定家にも持ち越され、早くも二十代で次の和歌を詠んでいます。

群れてゐし　同じ渚《なぎさ》の　友鶴に
　わが身ひとつの　など遅るらむ

「一緒にいた仲間たちがどんどん官位・官職を昇っていくのに、自分だけどうしてこんなに遅れているのでしょうか」。

病気がちで繊細な心

実際のところ、定家は官位・官職のことだけではなく、いつも愚痴っぽく、常に不満を持っている人のようでした。『後鳥羽院御口伝』に、

傍若無人《ぼうじゃくぶじん》、理《ことわり》も過ぎたりき。他人の詞《ことば》を聞くに及ばず。

「他人を無視して勝手な言動をし、論理的な筋道にこだわらずに話をする。そして他人の意見を受け入れない」とか、

さしも殊勝なりし父の詠をだにもあさあさと思ひたりし上は、ましてや余人の歌沙汰にも及ばず。

「あのように立派だった父俊成が詠んだ歌も尊重しないし、まして他の人の和歌は鼻も引っ掛けない」などとあるのです。

後鳥羽上皇が定家の和歌を全面的に評価していなかったかというと、それはそうではありません。『新古今和歌集』の編纂の和歌所設置にあたって、六人選んだ寄人《よりうど》の筆頭に任じたくらいですから、定家の詠歌能力を高く買っていたことは確かです。

ところで、定家は少年時代に二度の大病をしました。まず、十四歳の時に麻疹《はしか》にかかりました。当時は麻疹を赤疱瘡《あかもがさ》ともいいました。麻疹にかかると三十九度以上の高

熱が出て顔が赤くなり、紫色に腫れたりします。肺炎や中耳炎《ちゅうじえん》、また脳炎を発症することもあります。定家の場合は生きるか死ぬかの重体だったようです。

さらに麻疹から一年置いて十六歳の時、今度は疱瘡《ほうそう》（天然痘）にかかりました。これも重病です。定家はそれ以来、病気がちになりました。定家の日記『明月記《めいげつき》』を見ると、頭の調子が悪いとか、痛いとか、目が腫れて医者にかかったとか書いてありま す。彼はずっと鼻・口・胸・腸・腰が悪かったのです。特に一生の間続いてひどかったのが呼吸器疾患で、咳が止まらないとか、ゼイゼイ言うとか日記に書いています。

また四十歳ころから中風の気が出てきて、手足が痛いと書いています。痛い痛いと言いながら、体調の悪さを引きずりながら、それから八十歳まで生きました。当時の平均寿命は四十歳そこそこですから、定家は実は大変な生命力を持っていたことになります。

⑵　俊成と定家、九条家に仕える

和歌に生きる努力

しかしともかく、定家としては和歌でしか生き残っていく道はありません。それは定家も若いころからわかっていました。寿永元年（一一八二）に『堀川院題百首』を作り、その最初に掲げられている歌は多くの人に高く評価されました。

かすが山　ふもとの里に　ゆき消えて
　はるを知らする　みねの松風

「奈良の春日山の西麓の里に来ています。寒かった冬に降った雪はもう消えています。楽しみに待っていた春が来た、と東風が山の峰の松林を鳴らしながら吹いてきてくれています」。春が来た喜びを若者らしくすなおに表現しています。まず雪の消えた里を歩きながら、春日山の峰に並び立つ松を騒がせる東風に春の暖かさを感じるという、風景を全部巧みに組み込んだ和歌です。この『堀川院百首歌』は父の俊成や母の両親や他の歌人からも褒められ、当時右大臣だった九条兼実からも賞賛の手紙をもらっています。

俊成、九条兼実家の和歌師範

俊成は安元《あんげん》二年（一一七六）に出家しました。現世に希望を持てなくなったからでしょう。しかし二年後の治承二年（一一七八）には右大臣九条兼実と和歌についてじっくりと話す機会があり、その結果、九条家の歌壇に師匠として迎えられました。その時、『右大臣家百首』

などを詠んで兼実に差し上げました。その一つに、「立春の心」を詠んだ次の和歌があります（『新古今和歌集』）。

今日といへば　唐土《もろこし》までも　行く春を
　都にのみと　思ひけるかな

「今日は立春。それならこの東の海から来た春は、西の海の彼方はるかにある中国まで行きわたります。それなのに私は都にだけ来たのかと思っていましたよ」。この和歌は、『千載和歌集』に採用された大弐三位《だいにのさんみ》（紫式部の娘）の次の和歌を本歌にしています。

遥かなる　もろこしまでも　行く物は
　秋の寝覚めの　心なりけり

「国境を越えて遥か遠くの中国までも広がっていくのは、あの人のことを思って寝ては覚め、覚めては眠る秋の寝覚めのような心です」

俊成は大弐三位の和歌から学び、日本から中国にと空間を越え、また季節を秋から春に変え、さらには苦しい話題を楽しい話題に変えて立春を楽しむ世界を作り上げています。いわゆる本歌取《ほんかど》りの手法による優れた和歌です。

寿永二年（一一八三）、俊成は後白河法皇の院宣を受けて『千載和歌集』の編纂に入りました。完成したのは文治四年（一一八八）のことでした。こうして九条家の後援を背景に、俊成は歌壇の第一人者となりました。その門からは息子の定家・孫娘の俊成卿女《としなりきょうのむすめ》・久安《きゅうあん》六年（一一五〇）ころから俊成の養子になっていた寂蓮《じゃくれん》（藤原定長《さだなが》）・九条兼実の息子良経《よしつね》・後白河天皇の皇女である式子《のりこ》内親王そして後鳥羽上皇ら多くの優れた歌人が育ちました。

九条家の家司となる

文治二年（一一八六）、定家は九条兼実の家に家司《けいし》として仕えることになりました。家司は上級貴族の家の庶務・政務等を担当する役です。中級の貴族が朝廷から任命される公設の家司は定員が三名ありました。そのほか私設の家司の人数には制限はなく、多数いた気配です。現在の国会議員の公設秘書と私設秘書とほぼ同じあり方です。それに中級貴族は、上級貴族であって人事権を握っている家あるいはそれに近い家に親しく仕えることができなければ、高い官位・官職を得、昇進することは非常に困難です。

九条良経に仕える

九条兼実の後継者は長男の良通《よしみち》と決まっていましたが、定家が特に親しくしてもらったのは次男の良経《よしつね》でした。良経の外出にはいつも従っていました。

ところが二年後の文治四年（一一八八）、正二位内大臣でまだ二十二歳だった良通は夜中に突然死んでしまいました。これは良通はもちろん兼実にとっても気の毒なことでしたが、兼実の後継者は良経に変わり、定家の出世にとってはプラスでした。定家は文治五年（一一八九）左近衛少将《さこんえのしょうしょう》、同六年（一一九〇）従四位下、建久《けんきゅう》六年（一一九五）従四位上、正治《しょうじ》二年（一二〇〇）正四位上と、順調に昇進していきました。また兼実の弟で天台座主《てんだいざす》であった慈円《じえん》は和歌が大変得意でしたので、慈円からはこの面で親しく鍛えられました。

なお良通が亡くなって三七日にあたる三月九日、良経の夢に良通が現われて漢詩を示し、一緒に吟じたとあります。良経はその漢詩のうちの一句だけを記憶していました。それは、

春月は羽林《うりん》に秋自《よ》りも悲し。

「楽しかるべき今の春の月は、近衛府《このえふ》に勤める私たちにとって秋に見る月よりも悲しい」という内容で、良経の悲痛な気持も表わしています。当時の暦では、良通が亡くなった二月や三七日の法要の三月は春にあたります。また「羽林」は近衛府の中国名

です。兄の良通は左近衛大将、弟の良経は左近衛中将でした。兄弟の仲はよかったのです（拙著『親鸞をめぐる人びと』「九条良通・良経」自照社出版、二〇一二年）。

この話は『古今著聞集《こきんちょもんじゅう》』巻第十三哀傷第二十一に「後京極良経《ごきょうごくよしつね》、夢に冷泉内大臣《れいぜいないだいじん》良通《よしみち》と会い、六韻《ろくいん》の詞を和する事」として紹介されています。

その後、九条家では文治五年（一一八九）に良経が権大納言に昇進、翌年には妹（つまり、兼実の娘）の任子が後鳥羽天皇の中宮になりました。また良経は建久六年（一一九五）に内大臣になりました。父兼実が文治六年（一一八六）からずっと摂政さらには関白でしたから、良経はその庇護のもとに順調な政界活動を進めていました。

(3) 後鳥羽上皇のもとで

九条家の没落

建久六年（一一九五）、権大納言源（土御門《つちみかど》）通親《みちちか》の娘が後鳥羽天皇の皇子為仁《ためひと》親王を生みました。天皇の最初の男子です。これに力を得た通親は、翌年、中宮任子を宮廷から退出させ、近衛基通《もとみち》を関白に任命して兼実を失脚させました。合わせて兼実の弟の天台座主慈円も辞任させました。良経も自宅に籠居《ろうきょ》の身となりました。建久九年（一一九八）、後鳥羽天皇と通親は為仁親王を即位させて土御門天皇としたのです。

こうして九条兼実・良経一門は没落しましたが、正治元年（一一九九）には鎌倉幕府の将軍源頼朝が急死するというできごとがあり、上皇となっていた後鳥羽は朝廷の力を一つにまとめるべく良経を左大臣に登用しています。

後鳥羽上皇、和歌に関心を強める

土御門天皇の即位とともに院政を布いた後鳥羽上皇は、この正治元年のころから和歌に対する関心が強まりました。七月、式子内親王・慈円・九条良経・土御門通親はじめ合わせて二十人にそれぞれ百首詠んで差し上げることが命ぜられました。当時三十八歳の定家もその一員となり、詠んだ一つが次の和歌です。

梅の花　にほひをうつす　袖のうへに
　軒《のき》もる月の　かげぞあらそふ

「梅の花が衣の袖の上に匂いを移し染み付いています。そこに軒を漏れてくる月の影も映って、梅の香りと月の光が競い合っています。それらは私の涙で滲んでいます」。

この和歌は、『伊勢物語』第四段の、「月やあらぬ」の段の次の和歌を本にしています。

月やあらぬ　春や昔の　春ならぬ
　わが身ひとつは　もとの身にして

「月もそうだけれど、この春も昔の春ではありません。世の中は変わってしまいました。でも私だけは以前のままなのです」。

この和歌を本にし、定家は歌を詠んで後鳥羽上皇に差し上げたのです。当然、上皇や歌人たちは著名な『伊勢物語』「月やあらぬ」を本として詠まれた歌であることはすぐわかります。また（梅の）香りと（月の）光という、嗅覚と視覚の異なる種類の感覚が争っていると捉え、古典の雰囲気を伝えながら複雑な趣を加えています。

定家の感覚の新しさは歌人たちを感動させ、後鳥羽上皇もこの和歌を賞賛しています。

『新古今和歌集』の編纂

翌年の建仁《けんにん》元年（一二〇一）、定家は数人の歌人とともに後鳥羽上皇の勅撰和歌集の撰者に選ばれました。そして元《げん》久《きゅう》二年（一二〇五）、『新古今和歌集』として完成させました。なおこの年、俊成が亡くなりました。九十一歳の高齢でした。

定家はその後の建暦《けんりゃく》元年（一二一一）、従三位に叙され、五十歳で公卿《くぎょう》に列しました。その三年後には参議に任命され、国政を左右する立場に昇りました。この立場には俊成はついに昇ることはできませんでした。さらにその二年後の建保《けんぽう》四年（一二一六）には正三位に叙されています。この間、定家は幕府第三代将軍源実朝の和歌指導にも熱心にあたっています。ある時には御子左家伝来の『源氏物語』写本を実朝に寄贈したりもしていました。

⑷　定家の和歌

百人一首

定家の高い官位・官職を求める心は続きました。そのための猟官活動は承久の乱後も続け、承久四年（一二二二）に従二位、嘉禄《かろく》三年（一二二七）には正二位、寛喜《かんき》四年（一二三二）には七十一歳で権中納言となり、朝廷政治でもかなりの活躍を見せました。その寛喜四年、定家は後嵯峨天皇の『続古今和歌集』編纂の一員に任じられています。

嘉禎《かてい》元年（一二三五）、定家は宇都宮頼綱《うつのみやよりつな》という鎌倉幕府の有力御家人で歌人から、ある依頼をされました（拙著『親鸞をめぐる人びと』「宇都宮頼綱」自照社出版、二〇一二年）。それは頼綱が嵯峨野（京都市右京区嵯峨）に建てた別荘である小倉山荘《おぐらさんそう》の障子《しょうじ》に貼る色紙《しきし》に、昔からの歌人の和歌を一首ずつ書いてほしいという依頼でした。頼綱と親しかった定家は、天智天皇から順徳天皇に至るまでの百人の和歌を一首ずつ書いて送りました。これはのちに『小倉百人一首』という通称で呼ばれるようになりました。当時の障子は「建物の中の空間を遮る家具」で、戸や衝立《ついたて》、屏風《びょうぶ》、襖《ふすま》なども含んでいます。現在のような木枠《きわく》に和紙を張っている障子は、室町時代から出現したものです。

『小倉百人一首』は勅撰和歌集とは違い、諸分野のバランスを考慮する必要がなかったので、定家は自分好みの和歌を選びました。そこで「恋」だけで四十六首にもなりました。

『小倉百人一首』の第一首目は、天智天皇の和歌です。

秋の田の　かりほの庵《いお》の　苫《とま》をあらみ
我が衣手《ころもで》は　露にぬれつつ

「収穫が間近な田の稲の番をするための粗末な仮小屋に泊まると、萱などで編んだ屋根の覆いが粗いので、そこから漏れる露で朕の着物の袖がだんだん濡れてくる」。

農民たちは動物の被害を防ぐために泊まり込んで番をしました。この和歌は農民たちの間に伝えられていたものが、よい天皇とされた天智天皇に仮託されたという説もあります。

『小倉百人一首』の第百首目は順徳天皇の和歌です。

百敷《ももしき》や　古き軒端《のきば》の　しのぶにも
　なほあまりある　昔なりけり

「御所の古びた軒先のしのぶ草を見るにつけ、朝廷が栄えた昔が懐かしく思われる。その昔のことはいくら偲んでも偲びきれないことであるなあ」。「しのぶ」は「忍草《しのぶぐさ》」ともいい、シダの一首で荒れ果てた家などによく見られます。

なお、宇都宮頼綱の娘は藤原定家の後継者為家《ためいえ》の妻となり、嫡子の為氏《ためうじ》を生んでいます。

本歌取り

『新古今和歌集』以前の歌集でよく知られているものに、『万葉集』と『古今和歌集』があります。『万葉集』『古今和歌集』の歌は詠む人の気持を素朴ですなおに表現しています。『新古今和歌集』ももちろん詠む人の心を表現しているのですが、自分の心をそのまま表現するのではなく、他の人の心を自分の心として和歌を詠みなさいというのが編者定家の美的感覚であり、主張でした。それは定家の本歌取《ほんかど》りと有心体《うしんたい》という手法に示されています。
本歌取りというのは、本の和歌があって、それを利用しながら自分の和歌を詠んでいくという方法です。有心体というのは自分の心を入れて詠む、ということです。ただし直接自分の心を示すのではなく、他の人の心を自分の心として詠むのです。この二つを『百人一首』に載せた定家自身の次の和歌で見ていきましょう。
実は定家は『万葉集』に出る笠金村《かさのかなむら》の次の長歌《ちょうか》を本歌としています。歌の中で、「名寸隅《なきすみ》」は瀬戸内海に面した兵庫県の地名。「松帆《まつほ》の浦」は対岸の淡路島の地名です。

名寸隅の　船瀬ゆ見ゆる　淡路島　松帆の浦に　朝なぎに　玉藻《たまも》刈りつつ　夕なぎに　藻塩《もしお》焼きつつ　海人娘人《あまおとめ》　ありとは聞けど　見にゆかむ　縁の無ければ
（中略）徘徊《はいかいし》　われはぞ恋ふる（下略）

「名寸隅から船の通う松帆の浦には、朝なぎの時には藻を刈り、夕なぎの時にはそれを焼いて塩を取る海人の乙女がいると聞いていまして、会いに行く手段がなく、うろうろと歩きながら、とても会いたいと思っているのです」。これは男性の側からの歌で、焦がれるような気持を藻塩を焼く結果出る煙で示しています。

　この長歌を本歌として、定家は次のように詠みました。「まつほ」は地名であると同時に「来るはずなのに来ない人を待っている」にかけています。

来ぬ人を　まつほの浦の　夕なぎに
　焼くや藻塩の　身もこがれつつ

「松帆の浦の夕なぎ時に焼かれる藻のように、私は今日も来てくれない人を想って身を焼かれるように恋い焦がれています」。定家は男性の立場の心を示していた歌をもとに、女性の立場からその心を示しています。そして定家自身は男性ですから、その女性の心を使って男性である自分の恋心を表現するという段取りで進んできたということになります。

後鳥羽上皇の批評

　このような定家の和歌について後鳥羽上皇は次のように批評しています（『後鳥羽院御口伝』）。

彼の卿が歌の姿、殊勝の物なれども、人のまねぶべきものにはあらず。心あるやうなるをば庶幾《しょき》せず。ただ、詞《ことばすがた》姿の艶《えん》にやさしきを本体とする間、その骨《こつ》すぐれざらん初心の者まねばば、正体なき事になりぬべし。定家は生得の上手にてこそ、心何となけれども、うつくしくいひつづけたれば、殊勝のものにてあれ。

「あの人（定家）の和歌の趣や格調は立派にできているが、他人が学んで取り入れるべきものではない。定家は和歌に心を入れることを強く望んではいない。文章の表現が優美で風情があることを基本にしているため、和歌を上手に詠む力のない初歩の者がまねをすると、わけがわからないことになってしまう。定家は生まれつきの名人なので、心をまじめに入れていないが、きれいな表現で詠み続けていると優れた和歌ができてしまうのだ」。

後鳥羽上皇は伝統的な立場をとり、自分の心を込めて詠むのが大切としていました。でも上皇は全体としては定家を認めていましたが、他の歌人からはかなり強い反論も出ました。定家の和歌は新儀の達磨歌《だるまうた》だというのです。新儀とは新しいやり方のことで、褒め言葉ではありません。貴族の世界では伝統を守るのが正しいやり方です。達磨歌とは、禅僧の言葉みたいだ、意味不明だという、これも非難のことばです。

禅僧は言葉を手掛かりにはしますが、その言葉の本来の意味にはこだわりません。「おいしい」という言葉を発しても、「まずい」という意味のこともあります。言葉を使いつつも、本来の意味を超えて禅の境地を伝えていくので、俗人にはその真意を掴みかねます。

そこで禅の開祖の達磨という名前は、「わけがわからない」ということの代名詞でした。ですから新儀の達磨歌というのは、定家の和歌は新しいし、何も根拠がない、わけがわからない、達磨のような和歌だというのです。

『百人一首』の定家の和歌も、「誰かがとても恋しい」のなら、すなおに言ってほしい。しかし、それを言うために『万葉集』の「名寸隅の男の、まだ見ぬ松帆の女性を恋う心」を詠んだ歌を取り上げ、それを本に「松帆の女性が恋人を激しく慕う心」を詠んで、男性である自分の女性への恋心を示すという筋道となります。本歌取りと定家が主張するところの有心体の和歌ということになります。

高齢での没

定家は仁治《にんじ》二年（一二四一）に八十歳で亡くなりました。以後、御子左家は和歌の家としていくつかの家に分かれながら発展していきます。

おわりに

和歌の家の跡継ぎとして、藤原俊成は最初、長男の成家《なりいえ》を考えていました。途中で次男の定家の方が優秀らしいと気がついて定家に変えました。それは「歌を詠んでごらん」と言われ、まだ乳母に抱かれていた幼児の定家がよい歌を読んだからです。次の歌です。

菅笠《すげがさ》を　着たる男の　馬に乗り
　川の向かひを　通るなりけり

「菅笠をかぶった男が馬に乗って川の向こう側を通っています」。御子左家の人々はこれで和歌の家の跡継ぎができた、大丈夫だと喜んだそうです。成家の歌と比べてどこがよかったのでしょうか。

その定家も若いころは和歌の詠み方についていろいろ悩みました。それを示す二十代の和歌があります。「敷島の道」とは和歌の道です。

あめつちも　あはれ知るとは　いにしへの
　誰がいつはりぞ　敷島の道

「和歌の道は民の心も和らげ、天地が歌に込めた心を知ってくれて世の中を動かせるというのは、いったい誰がついた嘘だ」と定家はふてくされています。

若いころに自分の生き方について疑問を持たない人は珍しいでしょう。ですから定家がこのような和歌を作ってもおかしくありません。和歌一辺倒《いっぺんとう》に生きていたはずの定家にも、このようなことを思う時期があったのです。

5 後鳥羽上皇〜誇り高き多種多芸の王者として

★後鳥羽上皇関係系図

注：【　】内は親王名。〔　〕内は王名。

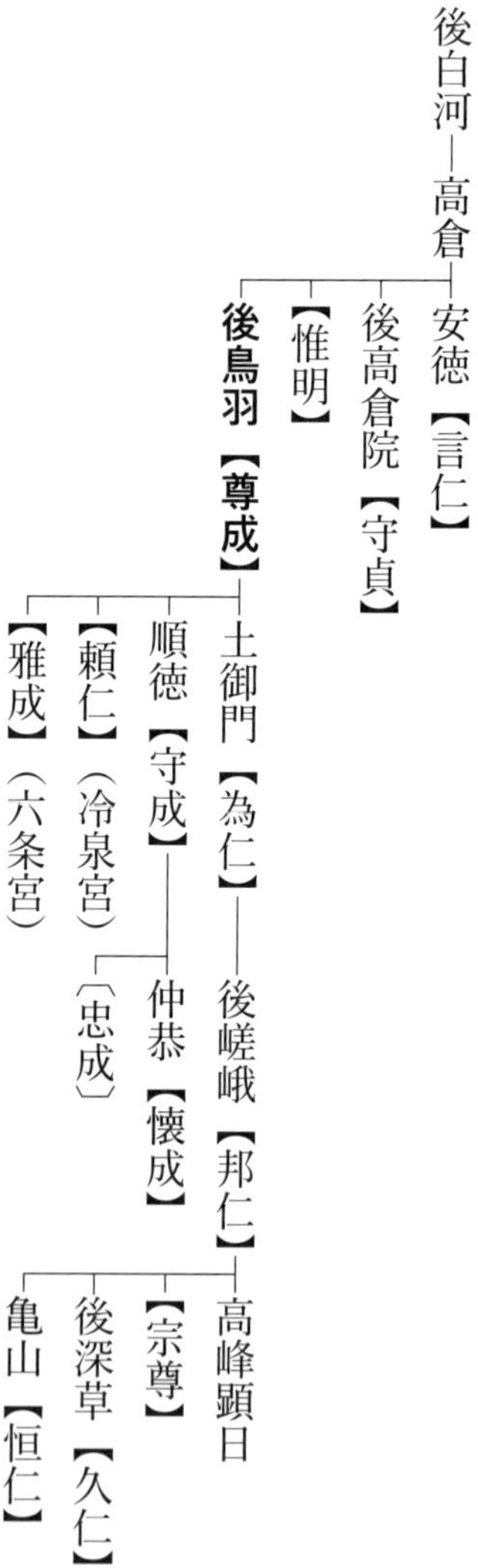

はじめに

後鳥羽上皇は高倉天皇の皇子として生まれ、後白河法皇の院宣によって源平の争いの最中に即位しました。多種多芸の人で、やがて後白河法皇の後を受けて院政を開始していきます。これらのことは本書「後白河法皇」の項で述べてあります。

鎌倉幕府が発展し朝廷が力を失っていく中で、後鳥羽上皇は昔のように天皇（上皇）の強い権力と権威で政治を行ないたい、復活させたいと考えていました。しかし承久の乱で幕府との戦争に負けて隠岐島に流され、目的を達することができませんでした（拙著『親鸞をめぐる人びと』「後鳥羽上皇」自照社出版、二〇一二年）。幕府発展の動きにあえて逆らって敗北したのは、上皇の時代錯誤の結果であり、政治的判断がまずかったのだから仕方のないことか、というのが一般的に抱かれている後鳥羽上皇観です。

では実際、後鳥羽上皇はどのような心をもって前に進んでいたのか、それを和歌を通して見ていきます。

(1) 治天の君：後鳥羽上皇

和歌を通して見る限り、後鳥羽上皇は単に権力を握りたいと思っていたのではなく、よい政治を行ないたいと思っていたことは事実です。それを示す次の和歌があります（『建保四年二月御百首』）。

よい天皇でありたいと望む

見わたせば　村の朝けぞ　霞ゆく
　民のかまども　春にあふ頃

「見渡すと村の明け方で、民の竈から昇る煙が霞がたなびくように広がっている。暖かい春が来たことであるなあ」。民が豊かで穏やかな生活をしているらしい、朕の政治は間違っていないようだ、と上皇は安心しているのです。建保四年（一二一六）は承久の乱の五年前です。法皇が十分に統治者としての力を発揮できている時期です。そしてこの和歌は『新古今和歌集』にも出る仁徳天皇の次の和歌を本にしています。

高き屋に　のぼりてみれば　煙たつ

民のかまどは　にぎはひにけり

「高い建物の上に登って見渡すと、そこここに食事の準備をする竈からの煙が立ち昇っている。国民は食事に困らない、豊かな生活ができていると思うとうれしい」。

仁徳天皇は第十六代天皇で、即位四年目に民の竈から炊《かし》ぎ煙が立ち昇っていないのに気づきました。そこで民は生活が苦しかろうと三年間無税にしたとされています。その結果が「民のかまどは　にぎはひにけり」です。そのような仁徳天皇は仁（おもいやり）と徳（めぐみ）に満ちた人であるとして「仁徳天皇」と諡《おくりな》されたのです。

後鳥羽上皇は次のような時代を夢見て進んでいました。

吹く風も　をさまれる世の　うれしきは

花見る時ぞ　まづおぼえける

「大きな問題を解決させて平和な時代になったらうれしいだろうなあ。そしてそれは桜の花が咲いているのを見た時に実感するに違いない」。後鳥羽上皇は本心から国民思いの優れた君主になろうとしていたのです。

治天の君

後白河法皇が亡くなって後鳥羽天皇が治天の君になったのは建久《けんきゅう》三年（一一九二）、十二歳の時でした。まだ政治力を発揮するのは無理でしたが、その六年後に息子の土御門天皇に譲位して院政を開始しました。さらにその四年後の建仁《けんにん》二年（一二〇二）、天皇の外祖父で権力を振るっていた土御門通親が亡くなると、二十二歳の若者後鳥羽上皇は俄然、政治に意欲を見せ始めました。その自意識と気の強さは祖父譲りでした。

承元《しょうげん》三年（一二〇九）、意気込んで政治を執っていた後鳥羽上皇は次の和歌を残しています（『新古今和歌集』）。

奥山の　おどろが下も　踏み分けて
　道ある世とぞ　人にしらせむ

「朕は、日本中、たとえ山の奥の棘《とげ》のある荊《いばら》などが茂っている所であっても踏み込み、正しい生き方が保証されている世の中であると知らせたいのだ」。

その意欲の中で、かつて武家が貴族にひれ伏した時代を思えば、しだいに武家（幕府）に圧倒されていく状況に耐えられなかったのでしょう。それを次の和歌で示しました。

いにしへの　千世のふる道　年へても
　なほ跡ありや　嵯峨の山風

「ずっと昔の天皇・貴族たちが示した正しい道がとても長い年月が経った今でも残っているかどうか、彼らが昔から好んで遊んだ嵯峨野の、その奥の山から吹いてくる風よ教えておくれ。きっと残っているにちがいない」。後鳥羽上皇は政治のあり方を古きよき時代に戻したかったのです。そのためには苦労を厭《いと》うことはないのです。

治めけん　ふるきにかへる　風ならば
　花散るとても　厭はざらまし

「たとえ強い風が吹いても、それが安定した治世の古い時代に戻そうという風であったら、大事にしている桜の花が散ってもかまわないことにしよう」。もちろん上皇は自分の方針が行き渡り、世の中が穏やかになることを望んでいました。

(2) 多種多芸の人

文武にわたって多種多芸

後鳥羽上皇には芸能や武芸、学問・和歌など、多種多様な才能がありました。なまじな貴族や武士ではまったくかないませんでした。

武芸――弓・馬・刀・刀の鑑定や鍛え・狩り

後鳥羽上皇は武士顔負けに武芸も得意でした。刀を振り回したり、弓を引いたり、馬を乗りこなすのも上手でした。刀を鍛えるのも好きで、それを当時は御所焼《ごしょやき》あるいは御所打といいました。そして自分で鍛えた刀に刻印として菊の紋を打ちました。現代に続く天皇の紋どころの菊はこの時から始まったといいます。上皇は狩りも好きで、活気にあふれていました。

蹴鞠と琵琶と笛

後鳥羽上皇は蹴鞠《けまり》も得意でした。蹴鞠をする場所は、七間半（約十五メートル）四方の平らな土地で、東南・西南・西北・東北の角に桜・松・楓《かえで》・柳を植え、合わせて四本の木は地面から一間（約一、八メートル）くらいまで枝を切り払います。その一間のところにある枝を「懸かりの枝」といいます。蹴鞠は四本の木の中に入り、懸りの枝より高く球を蹴り上げ、地面に落とさないようにして蹴り続ける遊びです。

球は革など弾みやすい材料で作り、履いている沓《くつ》で蹴ります。数人で蹴る場合と一人で蹴る場合とがあります。上手な人は一人で五百回、八百回と落とさず蹴り上げ続けました。

蹴鞠は平安時代から鎌倉時代、貴族や上級武士の間で大流行しました。後鳥羽上皇も異様なくらいこれに凝りました。夜になると鞠を気合をかけて蹴り上げる声が響きました。上皇は誰にも負けない実力があったそうです。そこで承元二年（一二〇八）、按察使《あぜち》泰通《やすみつ》・前陸奥守《さきのむつのかみ》宗長《むねなが》・右中将《うちゅうじょう》雅経《まさつね》は連署し、後鳥羽上皇を「御鞠《おまり》の長者」と申し上げたいと朝廷に申し入れたそうです（『古今著聞集《ここんちょもんじゅう》』巻第十二「博奕第十七」）。

また後鳥羽上皇は貴族なら誰でも弾けた琵琶が上手で、笛もよく吹けました。白拍子の歌の作詞もできました。ちなみに貴族は家庭で琵琶を合奏するのが共通した趣味だったのです。男性・女性、みな子どものころから習ったのです。

双六

後鳥羽上皇は双六《すごろく》も上手でした。当時の双六は対戦する二人の人が向かい合って座り、規則に従って駒を進めました。その際、骰子《さいころ》を二つ振るのです。この双六は平安時代の終わりころから大流行しますが、上皇も大変得意でした。この双六から骰子だけが分かれて博打《ばくち》になったのが「さいころばくち」です。『梁塵秘抄』に、

わが子は二十《はたち》になりぬらん、博打してこそ歩《あり》くなれ
国々の博党《ばくとう》に、さすがに子なれば憎《にく》かなし

負《まか》いたまふな、王子の住吉《すみよし》西の宮

「私の息子は二十歳になったと思います。博打を打って各地を回っており、困ったものです。でも我が子なので、各地の博打打ちにはどうぞ負けませんようにと住吉や西宮の神様にお願いをしました」と歌っています。「王子の住吉」は神戸市の住吉神社、「西の宮」は西宮市の西宮神社です。後鳥羽上皇が博打を打ったかどうかは、さすがにわかりません。

飛越・早態・水練・競馬・流鏑馬

後鳥羽上皇は「飛越《とびこし》」も得意でした。「飛越」とは高跳びのことです。「早態《はやわざ》」は早く走り、高く飛ぶ能力によって敵を倒す武芸のこと、「水練《すいれん》」は水泳のこと、「競馬《くらべうま》」は読んで文字のごとしです。「流鏑馬《やぶさめ》」は馬を走らせながら弓を引いて的に矢を当てる競技です。

酒宴・乱舞・鳩合

後鳥羽上皇は「酒宴《しゅえん》」も得意だったそうです。「酒宴」が得意というのは何か納得のいかないところもありますが、要するに上皇は大酒飲みだったのです。

「乱舞《らんぶ》」はただむやみに踊りまわることと、一定の規則に基づく踊り方と二つの意味があります。その規則はわかっていませんが、力強く暴れるような踊りだったのでしょう。「鳩合《はとあわせ》」は、闘鶏《とうけい》のように鳩同士を闘わせて、逃げた方が負けということです。

隠連坊

さらに後鳥羽上皇は隠連坊《かくれんぼう》も好きでした。いい大人が隠連坊が好きだというと、もうちょっと手に負えなくなってしまいます。

そして後鳥羽上皇の為政者としての最大の能力は、和歌が得意だったということでした。

⑶ 政治と和歌

和歌の重視

帝王は文武両道で国を治めるべきであるというのが古来からの伝統的な考えでしたが、鎌倉幕府の成立以降、その朝廷は「文武」のうちの「武」を幕府に取られつつありました。一方では天皇の「武」の象徴ともいうべき「草薙《くさなぎ》の剣《つるぎ》」は壇ノ浦に沈んでしまいましたから、後鳥羽上皇としては個人的な優れた体力を誇示しつつ、政治的には「文」の方に力を入れざるを得ません。その具体的な行ないは和歌を詠むことでした。加えて公的には勅撰和歌集を編纂させることでした。これが『新古今和歌集』です。

正治《しょうじ》元年（一一九九）に源頼朝が亡くなり、幕府の実権が北条氏をはじめとする有力な武士たちに移っていくと、後鳥羽上皇は和歌を詠むことに執着し始めました。正治二年（一二〇〇）七月には式子内親王・九条良経・慈円・藤原俊成・同定家等を集めて百首の和歌を詠む会を開きました（初度百首和歌）。

式子内親王は法然（浄土宗の宗祖）の恋人？

式子内親王は、後白河法皇の皇女・後鳥羽上皇の叔母で、詠歌に優れ、『新古今和歌集』だけでも四十八首の和歌が採用されており、〝『新古今和歌集』の情熱の歌人〟として知られています。その中に次の和歌があります。

思ふより　見しより胸に　焚《た》く恋の
　けふうちつけに　燃ゆるとや知る

「今日あの方のお姿をひと目見た瞬間から、私の胸には突然、恋の火が燃え上がってしまいました。しかしそれを誰が知りましょう。いや、そんな私を誰も知りはしないのです」。

これは式子内親王が初めて法然《ほうねん》（浄土宗の開祖）に出会った時の和歌、と石丸晶子《いしまるあきこ》氏は説きます。石丸氏は法然には恋人がいた、それは式子内親王であるという説を出しているのです（石丸晶子『式子内親王伝──面影びとは法然』朝日新聞社、一九八九年）。

和歌所の設置＝『新古今和歌集』の編纂

建仁元年（一二〇一）七月、後鳥羽上皇は勅撰和歌集を編纂する和歌所を再興し、十一月には藤原定家をはじめとする六人を寄人《よりうど》（選者）として『新古今和歌集』の編纂を命じました。いつの時代からでもいい、『万葉集』も含めた昔からの和歌の中でよい歌を選び出せ、と指示したのです。その時の上皇の頭には『古今和歌集』のことがありました。『古今和歌集』は平安時代の半ばに醍醐天皇の勅で作られました。そのち、『後撰和歌集』（村上天皇）・『拾遺和歌集』（花山上皇）・『後拾遺和歌集』（白河天皇）・『金葉《きんよう》和歌集』（白河上皇）・『詞花《しいか》和歌集』（崇徳上皇）・『千載和歌集』（後白河法皇）という六点の勅撰和歌集が編纂されました。合わせて七代集と称しています。過去において詠まれた優れた和歌はもう十分に集められている、と考えるのが普通です。

しかし後鳥羽上皇は言います。「四人の寄人がいた『古今和歌集』、五人の寄人がいた『後撰和歌集』はともかく、あとの五つの勅撰集はそれぞれ一人の寄人で作ったから十分な内容にはなっていない。そこで自分が六人の寄人を付けて昔からの和歌の撰をやり直すのだ」。

後鳥羽上皇の意識には強く『古今和歌集』がありましたので、その勅撰集に『新古今和歌集』という名を付けたのです。

『新古今和歌集』編纂は開始してから四年後に完成しましたが、上皇はその後もずっと手直しを続けています。隠岐島に流される時も関係資料（和歌）を持っていき、島暮らしの中で必死に和歌の出し入れをしました。最終的には嘉禎《かてい》元年（一二三五）に隠岐本《おきぼん》『新古今和歌集』が完成します。和歌の出し入れ作業そのものが帝王として「文」を掌握し続けていることだというのが、自分自身の生きる証しだったのでしょう。

(4) 承久の乱とその後

義時追討の院宣を発す

承久三年（一二二一）、後鳥羽上皇は鎌倉幕府の執権である北条義時を倒せという命令を発しました。通常、このことは「後鳥羽上皇が義時追討の院宣（上皇の命令）を発した」とされています。しかし歴史的な事実としては、その後すぐに当時の仲恭天皇が義時追討の宣旨《せんじ》（天皇の命令）を発しています。ですから形式からみれば「仲恭天皇の宣旨」も示すべきです。むろん上皇が治天の君、仲恭天皇はまだ四歳ですから、上皇が主導していたことは間違いありません。

院宣では、義時が悪い、その言動はまさに謀叛だ、だから追討すると宣言していま す。幕府を潰すとは言っていません。そしてその追討を五畿七道の国々（つまり、全国）の武士たちに命じているのです。その中には幕府の武士たちも含まれています。後鳥羽上皇の見込みでは、武士たちは院宣・宣旨、そしてその背景にある上皇の権威を怖れ畏み、たちまち義時を捕らえて降伏してくるだろうということでした。本格的な戦争になるだろうとは夢にも思っていなかったのです。

隠岐島へ流される

しかし幕府方は後鳥羽上皇が意図した上皇対義時の図式を朝廷対幕府の図式にすり替え、大江広元《おおえのひろもと》や三善康信《みよしのやすのぶ》ら京下りの貴族たちの強い主張と、北条政子と義時の指導力で上皇と戦う決心を固めました。そして東海道軍、北陸道軍、東山道軍で三方から京都に攻め込みました。最終的には十九万騎もの大軍勢でした。

予想外の展開に驚く後鳥羽上皇方は戦争開始後わずか一ヶ月で敗北、仲恭天皇は退位、出家して法皇となった後鳥羽上皇は隠岐島に流され、息子の土御門上皇・順徳上皇・冷泉宮《れいぜいのみや》・六条宮《ろくじょうのみや》も各地に流されました。その他十人ほどいた上皇の皇子はすべて出家させられました。また法皇方の貴族の荘園二千余ヶ所は幕府に没収されました。さらに天皇家領の荘園二百数十ヶ所も幕府に没収されましたが、「幕府が必要とする場合はいつでも幕府に返す」という約束のもとに、幕府が治天の君として擁立した後高倉院《ごたかくらいん》（守貞《もりさだ》親王。後鳥羽法皇の同母の兄で、出家していました）に引き渡されました。

隠岐島での生活と和歌

その後、後鳥羽法皇は嘉禄《かろく》二年（一二二六）に次の和歌を詠んでいます。

おしなべて　空しき空の　うすみどり
　迷へば深き　よものむら雲

「ずっと空一面、気になるものがなく薄い緑の色が広がっている。まるで悟りを得たような気分だ。でも、迷いのある自分の心に気づくと、たちまち四方から黒い雲が湧き上がってくる」（『後鳥羽院御集』）。

法皇はこの和歌に続けて次のような述懐もしています。

法性《ほっしょう》のそら元来清浄《しょうじょう》なれども、妄想《もうそう》の雲おほひぬれば正因《しょういん》・仏性《ぶっしょう》ありともしらず。このことわりをして仏になることかたし。即ち一微塵《いちみじん》のうちに法界《ほっかい》ことごとくをさまる。況《いわん》や三十一字の間に実相《じっそう》のことわりきはまれり。

「世界の真の姿は何もない空のように清らかだ。しかし心の迷いから起こる雲が空を覆っているので、もともと自分の中に悟りを得るきっかけや仏になる能力が備わっているということがわからない。であるから、そのような人物は悟りを得て仏になるのは難しい。仏教の考え方では、とても小さな目に見えない塵のような物質に世界がすべて収まるのだ。まして、ずっと大きい和歌の三十一文字の中には世界のあり方が究極まで示されている」。和歌を詠むのは仏の教えを極めることになると後鳥羽法皇は述べているのです。

以上は法皇が隠岐島へ流されてから五年目、治天の君から奈落《ならく》の底《そこ》まで落とされたころの失意の心を表現しています。しかし一方、法皇が和歌にかけ続けている生きがいもよくわかります。

後鳥羽法皇が隠岐島で詠んだ次の和歌があります。法皇の『遠島百首』からです。

われこそは　新島守《にいじまもり》よ　隠岐の島の
あらき波かぜ　心してふけ

「朕こそ新しく隠岐島を守ることになった者だ。いままで隠岐島に大波で危害を加えてきた暴風よ、法皇である朕を畏れ敬い、よく注意して穏やかに吹いてきなさい」。

後鳥羽法皇はあくまでも日本国主であるとの誇りを捨ててはいなかったのです。その強烈な帝王意識は、北条義時・泰時にとって非常に危険と見なされました。帰京を許したらまた幕府を倒す企てを始めるであろう、帰京を許すわけにはいかないということだったのです。しかし法皇は一縷の望みをかけて和歌の研鑽《けんさん》を怠りませんでした。それが隠岐本『新古今和歌集』の編纂作業だったのです。

京都復帰の門は何年経っても開かれず、後鳥羽法皇はついに次のような弱気な心を見せるようにもなってしまいます。

過ぎにける　年月さへぞ　うらめしき
今しもかかる　物思ふ身は

「長年月を経てこのような島流しにあってしまったことは、責任がないはずのその年月そのものさえ恨めしくなる。いま、この状態に至ったことを後悔し苦しく思う朕なのである」。

流されたままで没

平安時代以来の慣行では流罪になっても数年以内には赦免になって京都へ帰ることができました。それにだいたい、天皇（上皇）が臣下によって流されるなんてあり得ないことでした。貴族たちは当然のように、また必死に後鳥羽法皇の帰京を幕府に求めました。しかし執権義時と後継者の泰時はそれを絶対に認めませんでした。結局、隠岐島に流されて十八年後の延応《えんおう》元年（一二三九）、法皇はかの島で亡くなりました。

おわりに

後鳥羽上皇はかなり短気な人でした。ある時、郊外の離宮で泊りがけの和歌の会を開きました。藤原定家も呼ばれました。ところがその日は雨が降ってとても寒かったのです。病気がちの定家は堪え切れず、夜遅く自宅へ帰ってしまいました。上皇の御付きに届けだけは出したでしょう。翌朝になって知った上皇は怒り、「定家を逃がすな」と家来を送って家で寒くて縮こまっていたにちがいない定家を無理やり連れ戻させています（『明月記《めいげつき》』）。

またある時、舟に乗っていた有名な強盗が捕獲作戦に引っかかり、川で役人たちの舟に取り囲まれました。しかし常に逃げ切っていた強盗をどう捕まえるか、役人が慎重に動いていると、その強盗が降伏してきたのです。「なぜだ！」となったところ、強盗が「指揮しておられるのが戦さも強そうな後鳥羽上皇様とわかり、また上皇様が舟の重い櫂《かい》をぶるんぶるんと振り回しておられる力強さを見て、もうダメだと思いました」と述べたといいます（『古今著聞集』）。上皇が強盗の捕獲作戦などに出てはいけないに決まっています。でも気が短いので「なに強盗？　ではついてこい」と勢い込んで走っていったということです。

承久元年（一二一九）に源実朝が暗殺された後の第四代将軍について、前もって幕府から願いのあった息子の頼仁《よりひと》親王を鎌倉へ送り込んでおけば、天皇（順徳天皇）・将軍共に自分の息子という体制がとれたのです。しかしそれでは幕府を支配下に置くのに時間が掛かると考えたのでしょう。二年後には幕府に対しての強硬策に出て、逆に全部を失うという結果になってしまいました。短気の結果の失敗でしょう。

6 将軍源実朝

～和歌に東国の王者像を求める

★源実朝関係系図

注：【 】内は親王名。点線（…）は養子を示す。

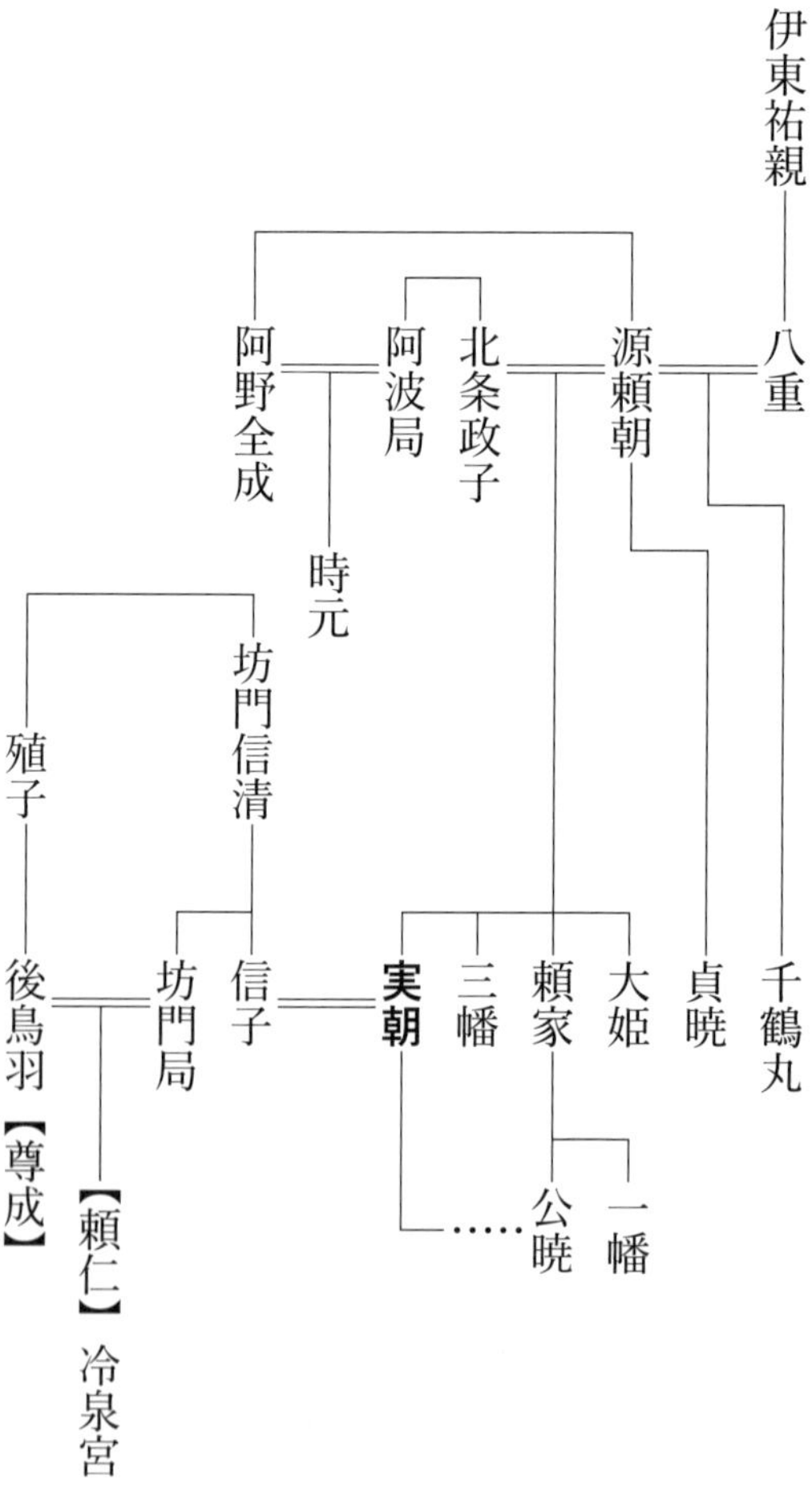

はじめに

源実朝は鎌倉幕府第三代征夷大将軍で、就任したのは十二歳の時でした。実朝は武士の組織の長でありながら、馬や弓などの武芸は好まず和歌を詠むことに力を入れました。これは幕府成立後二十年以上経ち、武力よりも文化面での支配に重きを置く朝廷の天皇に学んだからと考えられます。しかし幕府を構成する御家人たち（将軍の家来）からは必ずしも好感を持って迎えられませんでした。そして実朝の努力の結果がまだ出ていない二十八歳の時、兄頼家の息子であり自らの猶子《ゆうし》（養子）でもある公暁《こうきょう》に暗殺されてその生涯を終えました（拙著『中世を生きた日本人』「源実朝――未完の東国の国王――」学生社、一九九二年）。

実朝は次の和歌のように穏やかな世を望む心を持っていました。和歌中、「綱手《つなで》」は「舟の舳先《へさき》（先頭部分）に立てた棒に結びつけてある綱」のことです。

世の中は　常にもがもな　渚漕《なぎさこ》ぐ
海人《あま》の小舟《おぶね》の　綱手かなしも

「世の中はずっと穏やかでありたい。波打ち際を漕いでいく漁師の小さな舟が舳先に縛った綱で陸から引かれていく、このようなごく普通の光景がとても切なくいとおしい」。

本項では、実朝がどのような政治生活の中で和歌にその心を託したかを見ていきます。

(1) 源実朝の誕生と東国王者の意識

源頼朝の息子として誕生

実朝は建久《けんきゅう》三年（一一九二）八月九日に誕生しました。父は源頼朝、母は北条政子で、幼名は千幡《せんまん》でした。兄に寿永元年（一一八二）に生まれた頼家、姉に治承二年（一一七八）生まれの大姫と文治二年（一一八六）生まれの三幡《さんまん》がいました。

また異母兄弟としては承安《しょうあん》四年（一一七四）ころに生まれた兄の千鶴丸《ちづるまる》、文治二年（一一八六）に生まれた兄の貞暁《じょうぎょう》がいました。千鶴丸は早く二歳のころ母方の祖父である伊東祐親《いとうすけちか》に川に投げ込まれて殺されています。

頼朝は実朝誕生の前月に征夷大将軍に任命されたばかりでした。実朝の乳人《めのと》には阿《あ》野全成《のぜんじょう》とその妻の阿波局《あわのつぼね》がなりました。全成は頼朝の異母弟で、義経の同母兄です。

頼朝が挙兵してから最初に駆けつけた弟でした。阿波局は北条時政の娘で、政子の妹でした。

頼家の乳人になった比企能員《ひきよしかず》は北条氏に対抗意識を強めていました。その影響で頼家も政子や時政と仲が悪い状況でした。そこで政子と時政は身内の阿波局と全成を実朝の乳人にすることを強く望みました。将来の征夷大将軍候補を身内の中に囲い込んでおきたかったのです。

頼朝と御家人たちの意識の違い

頼朝は文治元年（一一八五）に平家を滅ぼし、鎌倉幕府を開き、文治五年（一一八九）には奥州にいる藤原氏を滅ぼしました。この藤原氏は頼朝支配下とほぼ同じ面積の支配地を持つ、頼朝にとっては非常に危険な大豪族でした。

こうして東日本に盤石の地位を築いた頼朝は自分の長女である大姫を天皇の妃にする夢にとりつかれ始めました。娘に皇子を産んでもらい、その皇子を即位させ、自分は天皇の外祖父として栄耀栄華は思いのままという摂関政治の藤原道長のようになりたかったのです。そしてそれは貴族たちの憧れでもありました。十四歳まで貴族である京都の母の家に住んでいた頼朝は、このような貴族の心を身につけていたのです。

これに対して、頼朝に従っていた御家人たちはあくまでも幕府を拠りどころとして領地を広げたかったのです。その限りにおいて頼朝が強権を振るうのを承認していました。しかし娘の入内《じゅだい》計画に心を砕き始めた頼朝からしだいに心が離れました。その中で、入内が実現しないうちに頼朝は亡くなってしまいました。建久十年（一一九九）二月のことでした。

実朝はのち、頼朝がその父（実朝の祖父）義朝の菩提を弔うため文治元年（一一八五）に建立した勝長寿院《しょうちょうじゅいん》に参詣し、次の歌を詠みました。

古寺《ふるでら》の　くち木の梅も　春雨に
　そぼちて花も　ほころびにけり

「この古い寺にある枯れ果てたような梅の古木が、暖かな春の雨にしっとり濡れて生き返り、花も咲き始めました」。父や祖父を想う実朝の優しい心が滲み出ています。

頼朝の次に第二代将軍になった十八歳の頼家は父と同様に強権を振るおうとし、御家人たちの信頼を急速に失いました。特に御家人たちの領地争いに関する裁判権をわずか四ヶ月後、彼らに奪われてしまいました。そして建仁三年（一二〇三）九月、頼家の乳人で岳父でもあった比企能員が北条時政に滅ぼされました。頼家の息子一幡《いちまん》も殺され、頼家自身は伊豆国の修禅寺《しゅぜんじ》に流されました。翌年には時政の手によって暗殺されています。

第三代将軍となる

朝廷は頼家の次の征夷大将軍として、幕府の希望により千幡（実朝）を従五位下征夷大将軍に任命しました。十月、千幡は十二歳で元服して実朝と名のりました。この名は後鳥羽上皇が与えたものです。翌年の元久《げんきゅう》元年（一二〇四）十二月、実朝は京都から坊門信清《ぼうもんのぶきよ》の娘信子《のぶこ》十一歳を妻に迎えました。

信子は後鳥羽上皇の従姉妹であり、上皇の妃の妹にもあたります。むろんこの結婚は上皇が仕組んだものです。実朝と幕府を影響下に置きたい、さらには支配したいという意図が示されています。ちなみに系図中の頼仁《よりひと》親王は後に幕府から実朝の後継者として望まれた人物で、承久の乱後は備前国《びぜんのくに》に流されました。実朝も後鳥羽上皇に親しんでもらえるのは名誉なことと、次のような和歌を詠んでいます。

山はさけ　海はあせなむ　世なりとも
　君にふた心　わがあらめやも

「たとえ山が割れて裂け、海の水が枯れる天変地異の世になっても、私は後鳥羽上皇様に背くようなことは決していたしません」。この和歌は建暦《けんりゃく》三年（一二一三）ころに成立した実朝の和歌集『金槐《きんかい》和歌集』に収められています。

ただこれが百パーセント実朝の本心であったかというと、必ずしもそうではないようです。後述のように、後鳥羽上皇はすでにこの数年前から実朝の忠誠心に疑念を抱いていた気配があります。実朝はあくまでも幕府の代表者で政治家ですから、政策として「上皇への忠誠心を見せつける」ということはあり得たでしょう。

和歌に励む

実朝は和歌を詠むことに励みました。将軍も三代目になり、天皇と同じで、刀を使うより和歌という文化的高さで権威を示すことをめざしたと推定されます。それが東国の王者のあり方だとしたのです。実朝はただ後鳥羽上皇に従うのではなく、上皇に学んで「東国の王権」確立を目指したのです（坂井孝一『源実朝――東国の王権を夢見た将軍』吉川弘文館、二〇一四年）。和歌は藤原定家に学びました。建暦三年（一二一三）には定家から御子左家に伝わる『万葉集』の写本を贈ってもらって大喜びをしています。

⑵　実朝、征夷大将軍としての経験を積む

二所詣

実朝は東国の王者としてさまざまな経験を積んでいきました。その一つに二所詣《にしょもうで》があります。これは鎌倉幕府の安泰を鶴岡八幡宮護国寺（現在の鶴岡八幡宮）から始めて、箱根権現（箱根神社）、伊豆走湯《そうとう》権現（伊豆山神社──熱海市）、三嶋社（三島神社──三島市）の四ヶ所を祈って回る行事です。二所詣の折の和歌に、

箱根路を　わが越えくれば　伊豆の海や
　沖の小島に　波のよるみゆ

「小田原から箱根山を越えて三島に至るこの道を歩いてくると、伊豆国の海が広がり、沖にある小さな島に波が寄せては返している様子が見える」とあります。おおらかな心になった状況を示しています。

狩りを思う

実朝は狩りについて次の和歌を詠んでいます（『金槐和歌集』）。狩りは単なる遊興ではなく、武士の戦さを想定した訓練です。実朝はあくまでも武士の大将ですから、実戦無視はできません。和歌中、「籠手《こて》」は上腕部から手

の甲を守る革製の防具のことです。

もののふの　矢並つくろふ　籠手のうへに
　霰《あられ》たばしる　那須の篠原

「武士たちが箙《えびら》に刺した矢の並び具合を整えている籠手の上に、霰が激しい勢いで飛び散っている。ここは那須の篠原だ」。箙は矢を立ててしまっておく用具で、「矢を立ててしまっておくこと」を「矢を刺す」といいます。

実朝は那須の篠原（栃木県那須郡あたりの広大な原野）を訪れた記録はありません。建久四年（一一九三）に頼朝の那須で行なった狩りを思い出して詠んだ和歌とも考えられています。

戦さに勝つために

また次の和歌（鶴岡八幡宮所蔵）もあります。当時、武士には戦勝を祈って杉の木に矢を射立てる風習がありました。

東路《あづまじ》の　関守《も》る神の　手向《たむ》けとて
　杉に矢立つる　足柄の山

「東国の出入口である足柄山の関所を守ってくれる神へのお供えに、戦勝を祈って杉の木に矢を射立てました」。実朝は和歌を重視するとはいっても、また個人的な武芸の練習に熱心でなかったといっても、武士の大将の心は決して忘れてはいなかったのです。

東海道で箱根山を越えるには二つの道がありました。険しい箱根山をまっすぐ越える箱根道と、北へ大回りして緩やかな足柄山を越える足柄道です。足柄道は現在のJR御殿場線に沿った道です。箱根・足柄いずれにも関所がありました。

大雨の被害に対して

実朝は心優しく、人々の生活の安定を強く願っていました。

建暦元年（一二一一）の大雨による洪水の被害に際し、次の和歌を詠みました。和歌中の「八大竜王《はちだいりゅうおう》」は『法華経』序品に出る八体の竜神のことで、雨を司る神とされていました。

時により　すぐれば民の　なげきなり
八大竜王　雨やめたまへ

「もちろん雨は必要なのですが、それも降りすぎてしまうと被害が出て、民は嘆くことになる。八大竜王よ、雨をやめてください」。

寺院の堂・塔建立について

また寺院の建立に関し、次のような感想を漏らしています。

塔をくみ　堂をつくるも　人なげき
懺悔《ざんげ》にまさる　功徳やはある

「寺の塔を建てたり堂を造ったりするのは功徳があるとされている。しかし建て・造るために働かされる人にとってみれば苦しい作業である。功徳を積みたいのだったら、自分一人で懺悔をすればいいだろう。懺悔は人々を苦しめないし、これ以上の善行はないよ」。

母を捜して泣く子に

実朝の心の優しさ・繊細さを示す和歌があります。その前に次の詞書が書かれています。

道のほとりにをさなき童《わらわ》の母を尋ねていたく泣くを、そのあたりの人に尋ねしかば、父母なむ身《み》まかりしにと答へ侍りしを聞きて、

「道の傍らに幼い子が母を捜して激しく泣いていたので、付近の人に理由を聞いてみると、『両親が亡くなってしまったので、あのように泣いているのです』ということなので、

いとほしや　見るに涙も　とどまらず
親もなき子の　母をたづぬる

「親のない子が母を求めて泣いている様子はとてもかわいそうで、私は涙が止まらない」と詠みました。

⑶　実朝と和歌と御家人たち

和歌を通じた御家人との親しさ

関東に塩谷朝業《しおのやともなり》という武士がいました。実朝より十歳ほど年上で、実朝と親しくしていました。朝業の母は京都の平長盛《たいらのながもり》の娘でした。長盛は清盛の従兄弟でした。このような関係から朝業は貴族との付き合いも多く、特に藤原定家とは親しい関係でした。ちなみに朝業の兄は宇都宮頼綱《うつのみやよりつな》です。二人とも優れた歌詠みでした。

建暦二年（一二一二）二月一日、実朝は身近な和田朝盛《わだとももり》という武士に、よく匂う梅一枝とともに次の和歌を朝業に届けさせました（『吾妻鏡』同日条）。

君ならで　誰にか見せむ　わが宿《やど》の
軒端《のきば》ににほふ　梅のはつ花

「あなた以外の、いったい誰に見せましょうか。私の家の軒先で匂っている、今年初めて咲いた梅の花を」。

実朝は「自分（実朝）からの贈り物とは言うな、また返歌も貰ってくるな」と朝盛に命じていました。朝盛はそのとおりにし、「誰からの贈り物ですか？」などと質問されないように走って帰りました。しかし勘のよい朝業はそれと察し、すぐさま、

うれしさも　匂《におい》も袖に　余りけり
我為《わがため》おれる　梅の初花《はつはな》

「私の着物の袖に入りきらないほどのよい匂いとうれしさをいただきました。私のために折ってくださった、今年初めて咲いた梅の枝の花から」という返歌を実朝に贈っています。

実朝が定家に和歌の指導を受けたことはよく知られています。そのための素地を作ったのは朝業ではなかったかとも推定されています。

ちなみに宇都宮頼綱の娘が定家の孫の為氏《ためうじ》を生んだのは、貞応《じょうおう》元年（一二二二）のことでした。実朝が暗殺されてから三年後です。

和歌好みを嫌う御家人

しかし実朝の和歌好みに眉をひそめる御家人もいました。

それは次の理由からです。

イ、建永《けんえい》元年（一二〇六）十一月、実朝の側近の東重胤《とうのしげただ》が上総国《かずさのくに》に帰国してなかな

か戻ってきませんでした。実朝は怒り、鎌倉に戻ってきてからも面会させませんでした。困った重胤は北条義時に相談し、そのアドバイスで和歌を実朝に差し上げました。実朝はその和歌が気に入り、面会を許しました。

ロ、建暦三年（一二一三）二月、囚人であった薗田成朝《そのだしげとも》が逃亡しました。実朝は成朝が国司を望んでいたと聞き、「頼もしい。許してやろう」として、成朝を捜索させました。

ハ、建暦三年（一二一三）九月、八年前に義時らによって討たれた畠山重忠の息子重慶《じゅうけい》が、日光で謀叛を企てているとの噂が幕府に届きました。それを聞いた実朝はたまたまその席にいた長沼宗政《ながぬまむねまさ》に生け捕りを命じました。しかし宗政は重慶の首を切って持ち帰りました。実朝は「重忠は罪がないのに殺された。重慶には私が様子を聞き、扱いを決めようと考えていたのだ。それなのに、勝手に命を奪ったのは重慶に気の毒、宗政には罪である」として宗政を謹慎させました。

つまり実朝は罪人であっても和歌が上手なら許してやるとか、依怙ひいきしているとか評判だったのです。それは部下には公平であるべき将軍としてけしからん振る舞いである、ということなのです。

宗政は実朝の謹慎の命令を伝えにきた源 仲兼《みなもとのなかかね》の前で、重忠や重慶は謀叛人に決まっているとわめき、さらに次のように言い放ちました（『吾妻鏡』同年九月二十六日条）。

（重慶を）直《じき》に具参《ぐさん》せしめば、諸女性・比丘尼等の申状《もうしじょう》に就きて定めて宥《ゆう》じ沙汰あらん歟《か》の由、兼ねて以って推量するの間、誅罰《ちゅうばつ》を加ふる者也。向後《こうご》に於いては誰《た》が輩《ともがら》か忠節を抽《ぬき》んず可《べ》きか。是れ将軍家に御《おわしま》す可からざる也。（中略）当代は歌・鞠《まり》を以って業と為し、武芸は廃するに似たり。女性を以って宗《むね》と為し、勇士はこれ無きが如し。

「重慶を生かして連れてきたら、実朝様はいろいろな女性や尼たちからの願い状で、きっと命を助けてやるでしょう。そのように考えましたので重慶を殺したのです。実朝様のようなやり方だったら、今後、いったい誰が忠義を尽くすでしょうか。これは将軍様がやってはいけないことです。（中略：頼朝の時は目立たずに、しかもしっかりした政治を行なっていた、とする）、実朝様は和歌と鞠で日常を過ごして武芸は行なっておられません。また女性の言うことを聞くばかりで、ほんとうの武士は周囲にいないようです」。

　これを聞いた源仲兼は一言もなく、黙って帰ったそうです。約一ヶ月後、宗政は兄の小山朝政《おやまともまさ》のとりなしで実朝に許されています。

　このように実朝は得意の和歌を「歌・鞠を以って業と為し、武芸は廃するに似たり」と非難されています。実朝は後鳥羽上皇や貴族が好きな蹴鞠にも熱心でした。そのことも非難されています。幕府の中で実朝が意図した東国の王者としてのあるべき姿は浸透していなかったのです。朝廷との関係もまだ安定していないし、時代的に早かったのでしょう。

(5) 実朝、暗殺される

後鳥羽上皇への微妙な崇敬心

　後鳥羽上皇は実朝を通じて幕府支配を進めていきたかったのですが、しかし実朝は北条義時を中心とする御家人たちの利益を守らなければなりません。必ずしも上皇の思うとおりにはなりません。実朝の和歌に、

大君《おおきみ》の　勅《ちょく》をかしこみ　ちちわくに
心はわくとも　人に言はめやも

「後鳥羽上皇の勅を謹んで承りますと、いろいろ思うことが出てきますけれども、そのことを他人に言いましょうか、いや言いませんよ」とあります。

後鳥羽上皇の呪詛

それと察して不愉快さを募らせた上皇は、承元元年（一二〇七）になると、京都南部の白川にある最勝四天王院《さいしょうしてんのういん》で実朝を呪い殺そうとし始めたといいます。その呪いの法要（呪詛《じゅそ》）をずっと続けていると、建保七年（一二一九）、実朝は鶴岡八幡宮で暗殺されました。上皇は効果があったと大喜びをしたそうです。『承久記』に出ている話です。これは酷《ひど》いといえば酷い話ですが、近いところに前例があります。

寿永二年（一一八三）、平宗盛や木曽義仲と争っていた後白河法皇は、関東で挙兵した源頼朝と手を組みました。一方では京都仏師の院尊《いんそん》に命じ、大きな毘沙門天像《びしゃもんてんぞう》を造らせて本尊にし、近江国のさる寺院で頼朝を殺す呪詛を始めました。後にこれを聞いた頼朝は大いに怒りました（拙著『北条時政の願成就院創立（上）――時政の外交的活躍と運慶の造像――』東国真宗研究所、二〇一七年）。そして鎌倉に父義朝の菩提を弔うための勝長寿院を建立した時、本尊制作に京都仏師を採用せず、奈良仏師の成朝《せいちょう》に依頼しました。その後も頼朝や義時その他幕府の武士たちは同じ奈良仏師の運慶《うんけい》・

快慶《かいけい》らに造像を依頼しています。

実朝、公暁に暗殺される

建保七年（一二一九）一月二十七日、実朝は朝廷から右大臣に任ぜられた祝賀で鶴岡八幡宮に参拝しました。その退出のころは雪が積もった夜でしたが、兄頼家の息子で猶子にしていた公暁に暗殺されました。公暁はその時、「親の敵はかく討つぞ（親の敵はこのように討つのだ）」と叫んだそうです。実朝は二十八歳でした。

なぜ公暁が実朝を暗殺したかについて、次のような諸説があり、まだ確定していません。

イ、北条義時黒幕説：実朝が成人するにつれ、政治上で独自の主張をするようになったため、邪魔になった義時が公暁を使って排除しようとした。

ロ、三浦義村黒幕説：公暁の乳人である三浦義村が、勢力を発展させてきた義時を倒すため、当初実朝と一緒に歩く予定だった義時共々、公暁を使って殺そうとした（義時は直前に歩くのを他人に代わってもらっていた）。

ハ、実は野心家であった公暁が、自分が将軍になろうと実朝を殺した。

実朝は暗殺された日の朝に屋敷を出る時、次のような和歌を詠んだと『吾妻鏡』建保七年一月二十七日条にあります。

出でていなば　主《ぬし》なき宿《やど》と　なりぬとも
　軒端《のきば》の梅よ　春を忘るな

「私がいま出て行ったら、この屋敷は主人のいない家となってしまうかもしれないが、屋根の軒先近くにある梅の木よ、春が来たら花を咲かすのを忘れないでおくれ」。

この和歌はいかにも自分が暗殺されるのを予感していたような内容で、『吾妻鏡』の他『六代勝事記』にも記載はありますが、『金槐和歌集』には入っていません。

また『新古今和歌集』に収められている式子内親王の次の和歌があります。

ながめつる　けふ（今日）は昔に　なりぬとも
　軒端の梅は　われを忘るな

「物思いにふけりつつ梅を見ている『今日』が、将来、『昔の日』になってしまっても、軒先近くの梅の木よ私を忘れないでね」。

実は実朝の最後の和歌は、ほんとうに実朝が詠んだのか、まだ確証はありません。

ただ、実朝はそのように緊張した世界に住んでいたのだなあという思いにはさせてく

実朝の最後の？和歌

れます。

実朝は武力ではなく、和歌によって人の心を穏やかにする世界に生きていたいと思っていましたが、政治の動きがそれを許しませんでした。自分が避けていた武力によって最期を遂げることになってしまったのです。

おわりに

実朝は武士としては弱々しい、繊細な心の持ち主であったのかと思わせます。山梨県甲府市・善光寺（甲斐善光寺）に所蔵する、鎌倉時代制作の等身大の実朝坐像からもそのような印象を受けます。この坐像の実朝は、体躯は大きいながら顔は細面で目は細く、対面する者に心弱く笑いかけているようです。

しかしその印象に反して実朝は大酒飲みだったようなのです（もちろん大酒飲みは、顔には関係ありませんが）。『吾妻鏡』建保二年（一二一四）二月三日条によると、この日実朝は伊豆の走湯神社参詣から帰ったご苦労さん会を皆で開き、大いに酒を飲んで「終夜、諸人淵酔《しょじんえんすい》（飲みに飲んだ）」でした。翌朝、実朝はひどく気分が悪く、家来たちも困って右往左往していたそうです。たまたま祈祷に来た栄西が、これは二日酔いかと判断し、お茶を実朝に飲ませ、最近書いたとして『喫茶養生記《きっさようじょうき》』を献上しました。実朝は非常に喜んだそうです。以後、日本でもお茶を飲むことが広まり始めたといいます。

繰り返せば「実朝は大酒飲みだったのか――」という感想に加えて、この時期の幕府内の雰囲気について興味深いことがあります。それは将軍と御家人たちが一緒に食事をし、酒を飲む機会が減ってきたことです。幕府開設以来、毎年正月には幕府の有力者たちが交代で毎日将軍に食事を差し上げました。もちろんお酒付きで。これは彼らにとって名誉なことでした。この差し上げる順番によってその時期の有力者の勢力順位がわかるのです。

一方、朝廷において元旦から毎日天皇と貴族が次々に食事をし、酒を飲むなんて聞いたこともありません。天皇と臣下が酒を飲んで天皇がひどい二日酔い、などありません。

ところが実朝を先頭にして将軍と幕府は朝廷にあやかる形で政治を進めようとしていました。将軍の住居の改造や新築では、将軍と御家人たちが一緒に酒を飲むことができない、あるいは不自由な部屋の作りに変えていった気配です。御家人にしてみれば、将軍が自分たちの手の届かない所へいってしまう、という寂しさと不安を感じ始めていたのです。

これに不満な昔風の御家人たちが京都風の生活──和歌を詠む、和歌を使って政治をする、将軍の御所で酒を飲まないなどの風潮にあからさまに文句を言うようになったのが第三代将軍実朝の時代だったのです。

7 将軍宗尊親王

~東国の王者として和歌で輝く

★宗尊親王関係系図

注：【　】内は親王名。

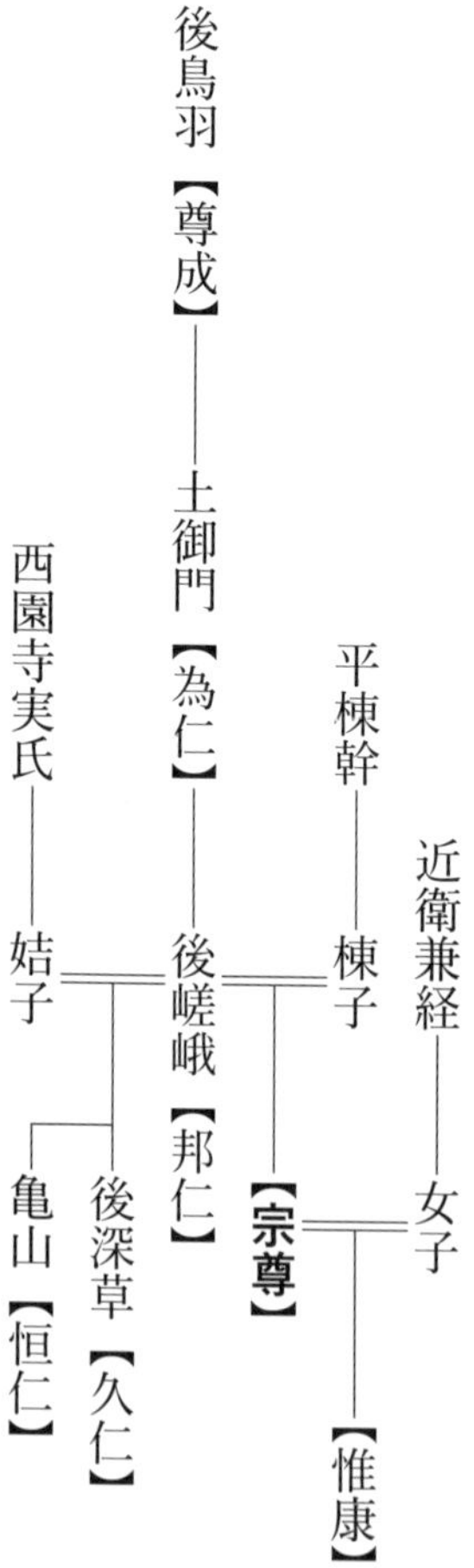

はじめに

宗尊《むねたか》親王は後嵯峨天皇の皇子で、鎌倉幕府の最初の皇族将軍として鎌倉に下りました。第四代将軍藤原（九条）頼経《よりつね》・第五代将軍藤原頼嗣《よりつぐ》に次ぐ第六代将軍としてです。

鎌倉においては、当然のように将軍の強い軍事的実権や政治権力はありませんでした。そして宗尊親王は文武両道によって国を治めるうちの「文」すなわち和歌の道に精を出し、多くの業績を上げました。父の後嵯峨天皇は土御門天皇の皇子で、鎌倉幕府の強い後援によって天皇になった経緯もあり、宗尊親王の地位は安定していました。

しかしやがて従来からあった幕府内の勢力争いに巻き込まれ、将軍を辞めさせられて京都に帰ることになります。そして三十三歳という若さで亡くなってしまいました。

本項ではその宗尊親王の心を和歌によって探っていきます。

⑴ 後嵯峨天皇の有力な後継天皇候補

後嵯峨天皇の皇子として誕生

宗尊親王は後嵯峨天皇の第二皇子です。仁治《にんじ》三年（一二四二）十一月二十二日に生まれました。母は平棟基《たいらのむねもと》の娘の棟子《むねこ》です。棟基は桓武平氏の高棟王《たかむね》の子孫で、中級貴族の有力な事務官僚の家柄に生まれ、正五位下で五位蔵人《ごいのくろうど》などを歴任しました。五位蔵人は蔵人所《くろうどどころ》（天皇の秘書部）の次官で定員は二、三名、家柄がよくて学識才能がある者が特に選ばれました。

後嵯峨天皇の皇妃は多く、皇子女を生んだ女性だけでも十五人いました。その中で平棟子は出身の家庭の雰囲気も気に入られたのか、また生んだ宗尊親王が事実上の第一皇子であったためか、後嵯峨天皇にとても愛されて従一位准三后《じゅいちいじゅさんこう》にまで昇りました。

祖父土御門上皇の苦難

後嵯峨天皇は後鳥羽上皇の孫、土御門上皇の息子で、若いころ苦労をしました。そのもとは後鳥羽上皇が承久の乱で鎌倉幕府方に敗れ、隠岐島に流されたことです。この時、幕府は仲恭天皇を退位させ、後鳥羽上皇に協力した皇子三人（順徳上皇・冷泉宮・六条宮）も流し、上皇のそれ以外の息子十人余りをすべて出家させました。

ただ、一人の皇子（土御門上皇）は処分しない方針でした。なぜなら、土御門上皇および後見の貴族土御門家は後鳥羽上皇の義時追討の方針に反対だったからです。土御門上皇の母は内大臣土御門通親《みちちか》の養女（通親の妻の連れ子）でした。ところが当時二十七歳の土御門上皇は、父が遠島で苦しい生活をしているのに自分が京都で楽な生活をしているのはしのびないと、幕府に強く頼んで土佐国《とさのくに》（高知県）に流してもらったのです。

しかし自分から望んだこととはいえ、ちょうど冬だった流刑地の土佐国への旅は辛いものでした。土御門上皇は次の和歌を詠んで辛さに耐えています（『続《しょく》新古今和歌集』・『増鏡《ますかがみ》』）。

うき世には　かかれとてこそ　生まれけめ
　ことわりしらぬ　わが涙かな

「朕は、このような辛い目に遭えということで、この世に生まれてきたのだろう。そのように納得して苦難に耐えるべきなのに、でも分別もなくこぼれてくる朕の涙であるなあ」。

父後嵯峨天皇の苦難と、その後の即位

この土御門上皇の息子である邦仁王《くにひと》（後嵯峨天皇）は承久の乱の前年に誕生していますから、流されていく父上皇とは二歳の時に別れたことになります。以後、再び会うことはありませんでした。

邦仁王は土御門上皇の母である承明門院《しょうめいもんいん》（土御門）在子《ありこ》に養われ、さらに在子の弟である土御門定通やその弟中院《なかのいん》通方にも育てられました。しかし土御門家は没落し、邦仁王は苦しい生活を送ることになりました。二十歳を越えても、元服もできなければ、かといって出家もできないという状況に置かれていました。いずれも天皇の皇子となれば、たとえば烏帽子親《えぼしおや》その他を頼まなければならないし、多額の費用もかかるのです。

ところが仁治三年（一二四二）、幼少の四条天皇が没してから運命は大きく展開します。この時次の天皇として、前摂政の九条道家《みちいえ》ら有力貴族は順徳天皇の息子忠成《ただなり》王を擁立しました。しかし幕府は承久の乱の責任者の一人である順徳上皇の息子が即位することに反対し、別に土御門天皇の息子邦仁王を強力に推薦しました。これは土御

門定通《さだみち》の妻竹殿《たけどの》が北条泰時の妹であったということも大いに関係していました。

こうして邦仁王は即位して後嵯峨天皇となりました。当然、以後ずっと後嵯峨天皇は幕府に協力的でした。

さて邦仁王の即位後間もなく誕生したのが宗尊親王でした。その前年に生まれた皇子は、のちに高峰顕日《こうほうけんにち》と称した臨済宗の高僧として知られた人物です。ただ邦仁王がまだ元服もしていないころにある女性との間に生まれて、公的な存在として認めさせることはできず、出家させざるを得なかったのです。

父に寵愛される

宗尊親王は父後嵯峨天皇から寵愛されていた、次の天皇候補でした（まだ親王にはなっていませんでしたが）。ところが寛元《かんげん》元年（一二四三）六月、天皇の中宮西園寺姞子《さいおんじよしこ》が第三皇子の久仁《ひさひと》親王を生み、その親王は八月には皇太子となりました。翌年の寛元二年一月二十九日、二歳の久仁親王は即位して後深草天皇となりました。しかし宗尊親王の行く末を心配した後嵯峨天皇は、その前日の二十八日、宗尊親王を正式に親王としました。当時、親王になれるのは皇太子か、あるいはそれに準ずる皇子でした。そのためには母親の出身が高級貴族でなければなりませんでした。宗尊親王の母親の身分では本来は無理だったのです。

⑵ 藤原将軍とその末路

そのころ鎌倉では、第三代将軍実朝の後を継いだ第四代・第五代将軍が問題を起こして鎌倉を追放される、という事態が発生していました。第四代将軍は九条道家の息子頼経です。頼経は建保六年（一二一八）生まれで、翌年に実朝が暗殺されると次の将軍に指名されました。

第四代将軍九条（藤原）頼経

承久の乱後五年、頼経は将軍となって幕府内で尊重され、朝廷の官職も上がり、嘉《か》禎《てい》二年（一二三六）には正二位権中納言、暦《りゃく》仁《にん》元年（一二三八）には権大納言に任ぜられています。二十一歳でした。幕府の執権は北条泰時でした。

頼経がこのように年齢を重ねて官位を高めていくと、反泰時勢力が接近するようになりました。それは泰時の異母弟朝時《ともとき》とその数人の息子たちを中心にし、三浦氏等の有力御家人が集まった集団でした。

また北条氏に反感を持つ京都の藤原道家も幕府政治に介入するようになりました。そして寛元二年（一二四四）六月、北条経時《つねとき》が執権になると、翌七月、経時は頼経の将軍を辞めさせ、六歳の息子頼嗣を第五代将軍に立てました。

頼経、京都へ追放される

頼経はその後も鎌倉に留まり、「大殿《おおいとの》」として勢力を持ち続けました。寛元四年（一二四六）に病気の経時から執権職を譲られた第五代執権時頼は、頼経を京都に追放しました。京都では、頼経の父道家も籠居《ろうきょ》させられました。

宝治《ほうじ》二年（一二四八）成立の、勅撰和歌集に漏れた和歌を集めた『万代和歌集《まんだいわかしゅう》』に、道家が「長谷寺に詣でて詠んだ和歌の中に」という詞書をつけて、

老ののち　また思ふことは　なきものを
　人の心に　なほなげくかな

「もう老年になっているので、もう思い煩うことは何もないはずなのに、人の心にはまだ嘆くことがあるんだなあ」と載せています。天皇の外祖父であり将軍の父であって、朝廷と幕府とを一手に収めたこともあった道家の最晩年の不遇を思わせます。

第六代将軍として鎌倉に下る

朝廷では、後嵯峨天皇が上皇となって院政を布いていました。執権北条時頼は上皇に対し、頼嗣の次の第六代将軍に皇子宗尊親王を求めました。上皇はそれに応じ、建長四年（一二五二）、

数え十一歳の親王を鎌倉に送り込んできました。

後嵯峨上皇はまだ少年とも言えない宗尊親王に鎌倉に下るにあたっての心得を諄々と説いたに違いありません。いわく、学問や詠歌に力を入れて励むこと。いわく、幕府内の政治的争いには絶対に関わらないこと。これらは九条頼経が失敗したことからの学びです。

(3) 和歌に励んだ宗尊親王

鎌倉幕府は自分たちが望んだ皇族将軍であり、北条時頼を中心に宗尊親王の教育に努力しました。

和歌の師匠・真観

文応《ぶんおう》元年（一二六〇）三月、宗尊親王は近衛兼経《かねつね》の娘で北条時頼の猶子《ゆうし》となった女性を妻に迎えました。親王は十九歳となっていました。兼経は藤原氏の氏《うじ》の長者で、従一位太政大臣、後深草天皇の摂政として後嵯峨上皇の信任厚い人物でした。兼経その人はこの前年に亡くなっています。またこの年、後嵯峨上皇を中心とした歌壇で活躍していた真観《しんかん》（葉室光俊《はむろみつとし》）が鎌倉に下り、宗尊親王の和歌の師範となりました。次の和歌は、その翌年に宗尊親王のもとで開かれた歌会での真観の和歌です。

うき世をば　花見てだにと　思へども
　なほ過ぎがたく　春風ぞ吹く

「この辛いできごとの多い世の中を、桜の花を見ながらやり過ごしたいと思うのですが、やはり春風はなかなか見逃してはくれず、吹いて花を散らせてしまうのが残念です」。

歌詠みの訓練

以後宗尊親王は真観の指導で和歌に励みます。それから間もないころの弘長《こうちょう》三年（一二六三）六月に詠んだ和歌百首の一つに、春に関する次の和歌があります。

いかにせむ　霞める空を　あはれとも
　言はばなべての　春のあけぼの

「どう詠んだらよいだろうか。今朝の霞んでいる空を『あはれ（ああ、感動的だ）』とでも言おうか。そうすると、いかにも通り一遍の表現になってしまうこの春の曙よ」。自分の心をまだ十分に和歌として表現しきれず、自分の情感を持て余しています。

将軍としての仕事に励む

むろん宗尊親王は将軍としての仕事に励まなければなりません。その一つが二所詣でした。文永《ぶんえい》二年（一二六五）

春の二所詣で、伊豆走湯権現に参詣した夜、霞がかった海岸や島々を月が照らしているのを見て、次のように詠んでいます。

さびしさの　かぎりとぞ見る　わたつ海の
　とほ島かすむ　春の夜の月

「これ以上はない寂しさと思って見ています。遠い海上の島も霞に霞んでいる春の夜の月よ」。宗尊親王は花が散るとか、季節が去っていくのでもない、春の穏やかな景色の中にこそ寂しさを見るという詩人としての高い能力を持っていました。

宗尊親王は幕府において政治的な実権はまったくなかった、だから和歌に集中したと評価されることが一般的です。しかし実はそうではなくて、幕府儀礼を媒介に御家人との主従関係を育成しようと努力していました（関口崇史「六代将軍　宗尊親王」〈細川重男編『鎌倉将軍・執権・連署列伝』吉川弘文館、二〇一五年〉）。

若き日の和歌代表作

宗尊親王の若き日の代表作と評価されているのが次の和歌です（『続古今和歌集』）。

雲のゐる　遠山鳥《とおやまどり》の　おそ桜
　心ながくも　のこる色かな

「雲がずっと居座っている、あの遠い山に遅くまで咲いている桜よ。その山に住む山鳥の長く垂れている尾ではないが、春が過ぎて夏に入っても気長に残っている花の色だなあ」。

当時、「尾」は「を」と表記し、「遅し（遅い）」は「をそし」と表記しました。それで、「山鳥の（尾〈を〉）」という言葉が「おそ桜（をそ桜）」という言葉を導きました。また「山鳥」の尾は長いことから、「ながく」という言葉を導くという働きもしています。さらに、「心ながくも」の言葉は、「遅桜」の心が「気長に」残っているという と同時に、それを見ている人に桜の花の色が長く残るという意味も込めています。

そしてこの和歌は古歌の言葉も本歌として巧みに吸収して、夏まで残る春の風情を示しているのです。本歌は『新古今和歌集』に載っている次の二首の和歌です。

　雲のゐる　遠山鳥の　よそにても
　　ありとし聞けば　侘びつつぞぬる（よみ人知らず）

「雲がずっと居座っているあの遠い山に住む山鳥。どこか他の所にいると聞いたので、それを思いつつ寂しく寝よう」。

桜さく　遠山鳥の　しだり尾の
　ながながし日も　あかぬ色かな（後鳥羽天皇）

「あの遠い山に咲く桜の花。そこに住む山鳥の尾が長く垂れているように、あの桜の色は一日中長く見ていても飽きが来ないなあ」。
　これらは鎌倉将軍時代の宗尊親王の代表的な和歌と評価されています。

後嵯峨上皇の勅撰和歌集『続古今和歌集』

　京都の後嵯峨上皇は、藤原為家《ためいえ》や真観らに命じて勅撰集『続古今和歌集』を編纂させました。文永二年（一二六五）に完成し、翌年三月十三日に完成記念の宴を開きました。その折、上皇は次の和歌を詠んでいます。和歌中、「玉津島姫《たまつしまひめ》」は和歌の浦にある玉津姫神社（和歌山市）の祭神です。「和歌の浦」という地名から、和歌の神として信仰されました。そして後嵯峨上皇は自分の『続古今和歌集』を醍醐天皇の『古今和歌集』、後鳥羽天皇の『新古今和歌集』に続く価値ある和歌集として意識し、誇る気持を強く持っていました。

三代《みよ》までに　いにしへ今の　名もふりぬ
　光をみがけ　玉津島姫

「醍醐天皇、後鳥羽天皇そして朕と、『古今』の名も三代の重要な天皇が歴史を積み重ねてきた。玉は磨くとさらに光が増すように、朕の和歌集にますます光を加えて後世に伝えてくださ い、和歌の神である玉津島姫よ」。

この宴が開かれた文永三年（一二六六）は、天皇は後深草天皇から亀山天皇に変わって三年目でした。二人とも後嵯峨上皇と中宮西園寺姞子《よしこ》との間の息子でしたが、亀山天皇の方が両親にずっとかわいがられていました。そして宗尊親王はこれまた後嵯峨上皇の愛子であり、和歌の道に励んで『続古今和歌集』には六十七首が入り、最多入選歌人となっていました。後嵯峨上皇は宗尊親王を一品《いっぽん》に叙し、中務卿《なかつかさきょう》に任じています。一品は五品《ごほん》まである親王の最高位の位です。文永元年（一二六四）には宗尊親王の長男惟康《これやす》親王も誕生しました。かつて不遇の貧乏皇族、世の中に忘れられた存在であった上皇にしてみれば、現在はまさに我が世の春といった心境だったでしょう。それもひとえに幕府のおかげです。

宗尊親王は二十五歳、後嵯峨上皇や幕府の望む活躍をし、晴れやかな存在になって幕府内での地位も安泰かに見えました。

⑷ 宗尊親王、謀叛の疑いで失脚

謀叛の疑いで京都に送還される

『続古今和歌集』完成の宴があってから三ヶ月後の文永三年六月、突然、鎌倉で事件が起きました。それはまず宗尊親王の妻近衛宰子《すずこ》と、幕府の護持僧である良基との密通とされる事件が発覚したことです。そしてそこに宗尊親王の謀叛の疑いがかけられたのです。宗尊親王に北条時頼を倒す計画があったというのです。

すぐさま当時の執権北条政村《まさむら》や連署の北条時宗らによる寄合（実質的な幕府の私的決定機関）で将軍解任と京都送還が決まりました。この時鎌倉には多くの御家人が集まり、特に名越《なごえ》家の北条教時《のりとき》は解任反対を唱え、時宗の制止を無視して大勢の武装した軍勢を率いて示威行動を行ないました。結局、宗尊親王は将軍を降ろされて京都に送還されました。

宗尊親王はよい将軍でありたいと、日々努めていたことでしょう。しかしこの騒動で北条教時が強硬に北条政村・時宗の方針に反対したことから察せられるように、名越家を中心とする反得宗《とくそう》勢力が宗尊親王に期待をかけていたのです。親王を担いで時宗の勢力を抑えようとしていたのです。名執権と評価の高かった北条時頼はすでに亡くなっています。若い宗尊親王ではその後の幕府の政界を渡りきれませんでした。結局、成人した将軍は安定を求める幕府にとって邪魔な存在だったのです。

京都で思い出に生きる

京都に帰った宗尊親王に対し、後嵯峨上皇は面会を許しませんでした。京都にいた母にも会うことを許しませんでした。そればかりでなく幕府への思惑もあって義絶しました。愛子ではあっても、鎌倉で上手に立ち回れなかったことに怒ってもいたのです。帰京の翌月の八月、鎌倉に想いを馳せて宗尊親王は次の和歌を詠みました。

鶴の岡や　秋のなかばの　神祭《かみまつり》
　ことしは余所《よそ》に　思ひこそやれ（『竹風抄』）

「ああ、去年も八月十五日に行なわれた鶴岡八幡宮の秋祭りを思い出すなあ。そこで自分は将軍として大切にされていた。今年は遠い京都でたった一人で思い出している。寂しい」。

四ヶ月後の同じ年十一月、幕府は宗尊親王の謀叛の疑いは晴れたとしました。そして親王に領地を献上までしました。親王はやっと平穏な生活ができるようになったの

です。でも思い出されるのは鎌倉での生活でした。『竹風抄』に、次の和歌がありま
す。

今は身の　よそに聞くこそ　あはれなれ
　むかしはあるじ　鎌倉の里

「鎌倉のことを、今は私と無関係のこととして聞くのはとても辛い。以前、私は鎌倉
の主人だったのに」。

十年《とせ》あまり　五年《いつとせ》までに　すみなれて
　猶わすられぬ　鎌倉の里

「私は十一歳から十五年も鎌倉に住んでとてもなじんでいた。京都へ帰されてもうず
いぶん経つのに、ああやはり鎌倉が忘れられない」。

宗尊親王はまだ若かったということもあり、あまり政治的配慮ができない人でもあ
ったのでしょう。鎌倉にいる時も自分はずっと将軍でいられると思っていました。京
都へ返されてからも、自分が政治的知略に長けていれば鎌倉で生き残れたという発想
はできない人であったように見えます。やがては、

苔の下と　いはぬばかりぞ　世中に

　あるかひもなく　うづもるる身は

「私は目立たず生える苔の下にいるようなものだ。世の中で生きる甲斐もなく、埋もれてしまっているので」と、明日に希望を失って生きていくようになりました。そして三十三歳の若さで亡くなりました。

おわりに

鎌倉幕府の政治と人間関係は、承久三年（一二二一）の承久の乱以後に大きく変わりました。それまでは一人の武士を大将にして、他の武士たちを従わせる、大将に歯向かうものは殺すという雰囲気でした。しかし朝廷はそれとは異なり、多数決で平和的にものごとを決めていくというやり方でした。

承久の乱後、幕府は日本の支配権を握り、朝廷のやり方に学んで多数決で政治を進める方向に転換しました。それが幕府第三代執権北条泰時・同第五代時頼が採用した方策です。泰時は執権の補助役として連署を置き、皆で話し合う評定衆《ひょうじょうしゅう》・引付衆《ひきつけしゅう》を置き、政治の明確な基準として御成敗式目《ごせいばいしきもく》を作って公表しました。時頼は武断的・専制的なやり方ではなく、人々のことを第一に考える撫民政策《ぶみんせいさく》を打ち出しました。その結果、泰時も時頼も、圧迫されているはずの朝廷の貴族にさえ名執権として高く評価されました。

しかし幕府の中では、主導権を握る北条氏の得宗（泰時の系統。北条氏本家）に対して、あくまでも抵抗する一族がいました。泰時のすぐ下の異母弟名越朝時とその息子たちです。でも朝時の同母の弟重時《しげとき》とその子孫、さらには別の異母弟北条政村以下の弟たち（実泰《さねやす》・時尚《ときなお》）は、徹底して得宗を支えました。名越朝時は慎重な性格でしたが、息子たちは潰されるまで何度も得宗と戦いました。それは数十年間続きました。とうとう最年少の時基《ときもと》に至り、戦いをやめ、その系統は逆に得宗に引き立てられます。

第四代将軍九条頼経・五代将軍九条頼嗣・六代将軍宗尊親王が京都へ送還されることになったのは、いずれも名越一族が反得宗の動きのためにその時期の将軍に近づいたからです。将軍たちの意思とは関係なく、利用されてしまったのです。善意の人物だったかに見える宗尊親王も気の毒なことでした。しかし第二代将軍頼家・三代将軍実朝も合わせて、将軍の地位を維持し続けるのは大変なことでした。

8 親 鸞

〜家族思いの念仏者

★親鸞関係系図

注：●印は範綱の養子、▲印は宗業の養子。

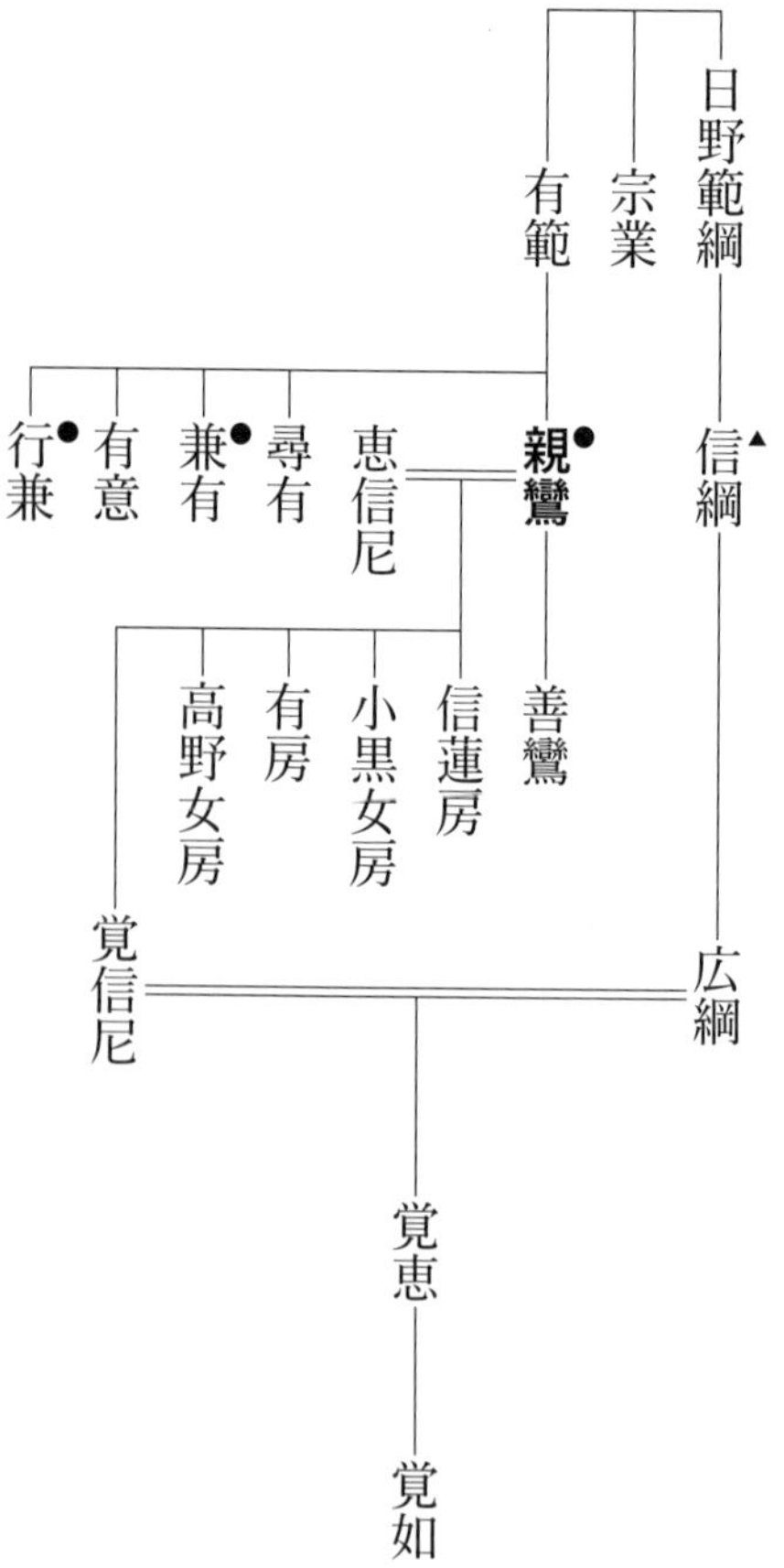

はじめに

親鸞は鎌倉時代に活躍した念仏僧です。九歳の時から比叡山延暦寺で二十年間修行しましたが、思うような成果が得られず、法然の門に入って念仏の道に進みました。法然は、現在は末法の世に入っていて自分の力で悟りを得るのは不可能、それを哀れんだ阿弥陀仏が広大無辺の慈悲をもって人々を救ってくださる、南無阿弥陀仏と念仏を称えさえすれば救われるのだ、と説いていました。

親鸞は三十五歳で越後に流され、その後四十二歳で関東に移りました。関東では六十歳まで布教し、その後京都に戻っています。親鸞はその布教において、阿弥陀仏の救いを信じる心がもっとも大切、その上での念仏であると説いています。

親鸞は悩みや欲望があるそのままの姿で阿弥陀仏に救ってもらえるとしました。天台宗や真言宗といった以前からの仏教では、僧侶は戒律によっていろいろ生きる制約がありました。俗人の生活と異なる観点から見ると、男女関係を結ぶこと・結婚をすることの禁止が戒律の中でもっとも厳しいことでしょう。当然家族は持てません。しかし親鸞は戒律を超えて結婚し、数人の子どもも得て、九十年という長い一生をまっとうしました。

では親鸞はその家族をどのように思っていたのでしょうか。本項ではその心を見ていきます。その際には主に親鸞の和讃《わさん》を検討の対象にします。和讃は和語《わご》（漢文ではない日本語）を使った仏菩薩や祖師・教えを讃歎《さんだん》（褒め称える）する文です。七五調四句の一首を基本とし、さらに多いものもあります。声に出して一人や多数で称えるのです。

(1) 家の没落と出家

誕生と出家

親鸞は承安三年（一一七三）に中級の貴族の日野有範《ひのありのり》の長男として生まれました。日野家は儒学を研究する家柄で、大学寮《だいがくりょう》（貴族の教育機関）の教授である文章博士《もんじょうはかせ》になることを目指していました。文章博士の定員は二名、これを日野家を含む五つの家（それぞれの家には多くの分家もあります）で争うのですから大変でした。有範は数人いたらしい兄弟の三男以下で、さらに苦しい立場でした。治承四年（一一八〇）に起きた以仁王の乱で、有範は以仁王に賭けて栄達を図った気配です。でも失敗し、本人はもちろん、九歳の親鸞以下計五人の息子たちが全員が出家しなければならない羽目《はめ》に陥りました。

親鸞は、父の出家後、父の長兄にあたる日野範綱《のりつな》が養子として迎えてくれました（『日野一流系図』）。そして親鸞出家の時には付き添ってくれました。範綱はそのころ院政を布いていた後白河法皇の有力な近臣の一人でした。鹿ケ谷《ししがたに》の謀議（平清盛を倒す相談）には法皇の指示で参加し、清盛方に逮捕されて拷問《ごうもん》で怪我をした上、隠岐国《おきのくに》に流されることも経験しています。親鸞出家の四年前です。関東で源頼朝が台頭してくると、法皇の連絡役にもなっています（拙著『親鸞をめぐる人びと』「日野範綱」自照社出版、二〇一二年）。

修行生活

以後親鸞は比叡山延暦寺で修行生活に入ります。まじめな親鸞は、おそらく最初は悟りを目指して、のちには阿弥陀仏の極楽浄土への往生の確信を得たいと努力を重ね、気がつけば成果を得られないままに二十九歳になっていました。絶望に近い気持の中で決心した親鸞は比叡山を下り、京都六角堂に百日間の参籠を試みました。来世に極楽往生できるかどうか本尊に尋ね、そして往生できるように導きを得たかったのです。

⑵ 師匠法然と未来の妻恵信尼との出会い

法然・恵信尼との出会い

親鸞は六角堂に参籠して九十五日の暁に観音菩薩から「結婚すれば極楽往生は確実」という導きを与えられました。参籠を終えた親鸞は、吉水草庵《よしみずのそうあん》で教えを説いていた法然をまた百日間訪ね、教えを受けます。その結果、念仏によって往生できるとの確信を得、念仏の道に入るのです。また親鸞は吉水草庵において、恵信尼《えしんに》と出会って結婚しています。

越後流罪

ところが六年過ぎた建永《けんえい》二年（承元《しょうげん》元、一二〇七）はじめ、法然とその門弟たち十二人は後鳥羽上皇の逆鱗《げきりん》に触れて処断されるという事件が起きました。そこに親鸞も入っており、越後国《えちごのくに》に流罪になりました。その直前、たまたま親鸞の伯父の一人日野宗業《むねなり》が越後権介《えちごのごんのすけ》（「権介」は国司の次官です）に任命されましたので、宗業は親鸞の越後での生活を助けることができました。従来はこのように言われてきました。しかし越後権介就任は偶然ではなかったのです。

当時、朝廷の役職は希望する者の中から人間関係と賄賂《わいろ》（現代風にいえば）で選ばれました。また流刑地は流罪人とその関係者に、朝廷が「どこに流してほしいですか」と尋ねるのです。恵信尼の父三善為教《ためのり》・祖父為康《ためやす》・曽祖父為長《ためなが》は越後介を経験していました。つまり流刑地が越後国ならば、三善家が現地での生活を助けることができます。

日野宗業は後鳥羽上皇のお気に入りの近臣でした。そこで宗業は上皇にお願いし、親鸞を助けようと越後国の国司に任命してもらったのです。「権」は、既にその役職の者がいるのに、もう一人押し込んだ場合にいいます。実際の仕事をする必要はないですが、「越後権介日野宗業」は越後国では絶対の権力者となります。親鸞の越後での日常生活は楽だったのです。

つまり親鸞は要所で伯父たちや妻、その親という身近な家族に助けられたということなのです。

(3)　家族を思う心

家族で東国に向かう

越後へ流されて七年の建保《けんぽう》二年（一二一四）、四十二歳の親鸞は恵信尼および二人の子どもと関東に向かいます。目的は関東での布教です。

常陸国稲田《ひたちのくにいなだ》に居を構えた布教活動は成功しました。十八年の後の貞永《じょうえい》元年（一二三二）、六十歳になった親鸞は単身で京都に帰ることになりました。恵信尼と五人に増えた子どもたちを残してです。

従来、親鸞が一人で帰京するはずはない、必ずや家族を連れて一緒に帰ったはずだと信じて疑わない傾向にありました。しかし京都には親鸞の家宅も財産も何もないのです。でも長男の信蓮房《しんれんぼう》は二十二歳、長女の小黒女房《おぐろのにょうぼう》は二十五歳くらい、配偶者もいれば子どももいてもおかしくないのです。当然、仕事もあります。それらを全部捨てて一緒に何もない京都へ行くのは無理でしょう。だいたい、京都は五人の子女の故郷ではないのです。

家族との別れ

かくて親鸞は一人での帰京です。しかし別れは辛かったでしょう。残された家族は涙の気配です。親鸞は稲田草庵の西門を出て、少し行った小川の上で見送る家族を振り返りました。この時、次の和歌を詠んだと伝えられています。

わかれ路を　さのみなげくな　法《のり》のとも
またあう国の　ありとおもへば

「いまここで別れていくけれど、そんなに泣かないでおくれ。私たちは阿弥陀仏の教えに生きる仲間じゃないか。また極楽浄土で会えるじゃないか」。この和歌にはまさに親鸞の心が託されているといってもよいでしょう。

高僧和讃

京都へ帰って十六年、親鸞は宝治《ほうじ》二年（一二四八）に初めての和讃を作りました。『浄土和讃』と『高僧和讃』です。七十六歳の時でした。和讃は七五調四句で一首を構成し、数首から数十首のものもあります。平安時代中期の元三大師《がんざんだいし》良源《りょうげん》の『本覚讃《ほんがくさん》』、恵心僧都《えしんそうず》源信《げんしん》の『極楽六時讃』から始まり、鎌倉時代の親鸞の『三帖和讃《さんじょうわさん》』（『浄土和讃』と『高僧和讃』を含む）、遊行上人《ゆぎょうしょうにん》一遍《いっぺん》の『別願和讃』などが有名です。

『高僧和讃』では、インドの龍樹菩薩《りゅうじゅぼさつ》から日本の法然に至る七人の高僧を褒め称えています。その最初の龍樹菩薩についての全十首のうち、まとめの部分の第九首と第十首は次のような文になっています。ここに出てくる「菩薩」は、すでに悟りを得て「仏（如来）」になっています。もと菩薩だった仏が、自分の悟りに至るまでの経験を語っているのです。文中、「われら（我等）」は「我々」ではなく、「私」という意味です。現代とは意味が異なります。

第九首　一切菩薩《いっさいぼさち》ののたまはく
　　われら因地にありしとき
　　無量劫《むりょうこう》をへめぐりて
　　万善諸行を修せしかど
第十首　恩愛《おんあい》はなはだたちがたく
　　生死《しょうじ》はなはだつきがたし
　　念仏三昧《ねんぶつざんまい》行じてぞ
　　罪障を滅《めち》し度脱《どだち》せし

「第九首　かつて菩薩だったすべての仏が言われることには、
　私がさとりを目指していた時、
　生きそして死ぬ迷いの世界を数え切れないほど経験しつつ、
　悟りのためには善いと言われている修行方法をすべて行ないましたが、
第十首　現世の両親や兄弟への思いを断ち切れず、
　悟りを得ることはいつまで経ってもできませんでした。
　ところが念仏を称え続けて生きる道に入って、

往生のすべての障害がなくなり、極楽往生して悟りを得ることができました」。

『高僧和讃』は七人の高僧の伝記・思想が書かれています。しかし親鸞自身が感銘を受けたことでなければ、作成できたはずはありません。龍樹菩薩を讃歎するこの内容は、親鸞自身の「念仏で救われた」と確信する心から書かれた文章だったのではないでしょうか。

煩悩を超える

親鸞は親の事情で出家し、比叡山延暦寺での修行生活に入りました。と言っても親鸞はまだ九歳です。出家の前は父もいれば母もいる、乳母もいて、侍女や家来、下人《げにん》（使用人）もおり、賑やかだったはずです。それが理由はともかく、父は出家して去り、自分も九歳（数え年）で出家ということになりました。現在ならば小学校三年生くらいです。その歳で弟四人も含めた家族一切と切り離され、親切だった伯父範綱が去った後、男ばかりの僧侶の中で生活しなければならなかったのです。

正直なところ、必ずしも皆が親切とは限りません。まして没落した家の子です。辛く悲しいことも多かったに違いありません。母を思い父を思い、乳母を思って泣くことも度々あったのではないでしょうか。従来の仏教では、肉親に対する思いは煩悩である、その煩悩を捨てなければ悟りは得られないと教えてきました。

また同じく煩悩に属することに異性への思いがあります。この思いも捨てなければ悟りを得られません。しかし親鸞の周囲には事実上結婚していた僧侶が大勢いました。親鸞もその気持を捨て切れませんでした。

前掲第十首の「念仏三昧行じてぞ　罪障を滅し度脱せし」とあるのは、念仏によって「罪障」が消え失せるのではなく、それを超越して悟りに至ったと説いているのです。

第九首と第十首は、まさに親鸞が二十年間の修行では悟りが得られなかった理由と、それを乗り越えられたとする、心に思う理由も述べていることになるのではないでしょうか。家族への思いは捨てなくてよかったのです。

(4) 家族を思う心――子どもたちに対して

念仏の異なる理解

親鸞が京都へ帰って二十年ほど経つと、関東の門弟たちの中で念仏の理解が異なる者が現われてきました。信仰はそれぞれ異なる環境の中で育まれますので、異なる理解が出て当然です。たとえば親鸞の門徒集団として有名な鹿島門徒・高田門徒・横曽根《よこそね》門徒は、それぞれ鹿島の神々の信仰・明星《みょう》天子《じょうてんし》（明けの明星の神格化）・真言宗の信仰の強い地域で、それらに敬意を表しつつ念仏を維持していました。どれも親鸞の信仰の中にはありません。そしてお互いに正統性を主張して争うことも増えていきました。

関東に送られた善鸞

この中で関東の門弟たちは親鸞に関東へ戻ってもらい、混乱の沈静化にあたってほしいと願ったようです。八十歳にもなる親鸞は、それは無理だと、代理として息子の善鸞《ぜんらん》を送りました。しかし善鸞はその争いの中に巻き込まれてしまいました。混乱を鎮めるどころか、善鸞は怪しげな信仰を説いたとして非難され、ついには親鸞に義絶されてしまった、善鸞は父に背いた親不孝者、と思っている人が現代でも多いのです。

しかし善鸞は京都で二〇年にもわたって親鸞の教えを受け、「この男なら大丈夫、私の代わりが務まる」と親鸞が見込んだからこそ、関東へ送ったのです。ですから、その時の善鸞の念仏理解は親鸞の理解と同じはずです。年齢も五十歳ほどと分別盛りです。正しいのは善鸞だったのです（拙著『親鸞と東国』吉川弘文館、二〇一三年）。

それに善鸞義絶を語る親鸞書状には親鸞の真筆はなく、写本か版本なのです。義絶があったかどうかという事実関係を探る史料としては、大きな問題を含むことになります。

ところで、八十代の親鸞は息子の善鸞を義絶して見捨てたでしょうか。親鸞が信奉する阿弥陀仏はすべての人を、たとえ悪人であっても、いや悪人だからこそ真っ先に救うのではなかったでしょうか。

多々のごとく捨てずして

親鸞八十七歳の制作と伝えられる和讃に『皇太子聖徳奉讃』全十一首があります。その第二首と第三首を見ていきます。聖徳太子は観音菩薩の生まれ変わりという説がありました。文中、「多々《たた》」「阿摩《あま》」は古代インド語の「お父ちゃん」「お母ちゃん」という幼児語です。

第二首　救世《くせ》観音大菩薩
　　聖徳皇と示現して
　多々のごとくすてずして
　阿摩のごとくにそひたまふ

第三首　無始よりこのかたこの世まで

聖徳皇のあはれみに
多々のごとくにそひたまひ
阿摩のごとくにおはします

「第二首　救世観音大菩薩は、
聖徳太子の姿をとって現われ、
お父ちゃんのように子どもの私たちを捨てず、
お母ちゃんのように子どもの私たちに寄り添ってくださいます。

第三首　はるか昔から現在まで、
観音菩薩である聖徳太子は力のない私たちを気にかけ大事にしてくださって、
お父ちゃんが我が子にするように私たちのそばに寄り添ってくださり、
お母ちゃんが我が子にするようにやさしくしてくださいます」。

「多々のごとく捨てずして」の一句がすべてを物語っています。そしてそれが親鸞の心です。父は子どもを捨ててはいけないのです。親鸞が一生の間尊崇した聖徳太子は、観音菩薩の教えとして、明確にこのように説いているとしています。その親鸞が、ほんの何年か前に我が子善鸞を義絶して見捨てるなどということがあったでしょうか。

おわりに

仏教をひらいた釈迦は、出家修行して人々を救う方法を見出したいと思った時、すでに結婚していたそうです。そして、そうこうしているうちに、男の子が生まれました。すると釈迦はその子にラーフラという名を付けました。後に漢訳した文字ですと羅睺羅《らごら》です。このラーフラには二つの意味がありました。一つは「暗い月」です。なんとも不気味な意味です。もう一つは「後悔」という意味です。当時、男子の誕生は非常に喜ばれました。家の後継ぎができたということです。その祝福されるべき我が子に釈迦は、なんと「後悔ちゃん」という名を付けたのです。「しまった、これで出家できなくなってしまった」ということだったのでしょう。出家にあたっては妻なら捨てられる（困難な場合も多いでしょうが）、しかし血の繋がった我が子はかわいいし、それ以上に養育の責任もある、捨てられないのです。

仏教で出家修行者には戒律で男女の交わり・結婚を禁止してきたのは、相手が修行の邪魔になるということではなくて、そこで生まれる子どもの問題をあらかじめ断ち切っておこうとしたのではないかと筆者（今井）は考えています。

しかし釈迦は問題を振り切って出家しました。苦しかったと思いますが、十数年後、有名な導き手となります。私たちの心を安堵させるのは、父に捨てられたラーフラが父の教えに感動して入門し、釈迦十大弟子の一人となるまでに至ったことです。そしてなんと密業第一と称えられたのです。それは戒律を守ること第一の人であるという意味です。釈迦にとってみれば、ラーフラは彼なりに自分の若いころの課題を乗り切ってくれたのです。

本書の最初で扱った西行も、出家にあたっては四歳のかわいい我が娘を縁側から蹴り落とさなければなりませんでした。親鸞も結婚前には、生まれた我が子が将来思うように動いてくれないとは考えもしなかったでしょう。それはいつの時代でも同じか、現代でも、と筆者は思うのです。

あとがき

本書は日本の歴史上の人物が何を思い、どのように生きようとしたのか、それを主に和歌を史料として考えようとしたものです。当然、「和歌を詠むことが上手だったか、下手だったか」を問題にしようとしたのではありません。本書では、筆者が特に関心を持ってきた鎌倉時代の人々を検討対象としました。その人たちが、どのように自分の心を和歌に表現したか、興味深いものがあります。

本書刊行にあたっては、合同会社自照社代表鹿苑誓史氏と元自照社出版社長檀特隆行氏・同編集長大隈真実氏にいろいろとお世話になりました。あつく御礼を申し上げます。また宮本千鶴子さんにも校正を手伝っていただきました。ありがとうございました。

和歌によってその心を探りたい鎌倉時代の人々は、むろん、本書で取り上げた八人だけでは終わりません。いずれ遠からず、本書の続きを刊行したいと考えています。

昨年二〇二〇年は新型コロナ蔓延で大変な年でした。新年の元旦にあたり、本年がよい年になるよう願ってやみません。

二〇二一年一月一日

今井雅晴

今井雅晴（いまい まさはる）
1942年東京生まれ。
1977年東京教育大学大学院博士課程日本史学専攻修了。
茨城大学教授・筑波大学大学院教授を経て、現在、筑波大学名誉教授。専門は日本中世史・仏教史。文学博士。
最近の著書に、
2018年刊行：『親鸞聖人の京都・越後・関東』（真宗大谷派札幌別院）、『六十三歳の親鸞―沈黙から活動の再開へ―』（自照社出版）、『日本の宗教と芸能 新訂版（上巻）神の世界に同化する仏―五重塔の謎―』・『同（中巻）神と仏に仕える女性たち―歌と舞の白拍子―』・『同（下巻）神と仏の救いはあるのか？―舞台劇としての能楽の成立―』（以上、東国真宗研究所）
2019年刊行：『わが心の歎異抄』（東本願寺出版部）、『六十七歳の親鸞―後鳥羽上皇批判―』・『七十歳の親鸞―悪人正機説の広まり―』（以上、自照社出版）
2020年刊行：『親鸞の東国の風景』・『日本文化の伝統とその心』（以上、自照社出版）、『仏都鎌倉の一五〇年』（吉川弘文館）
がある。

鎌倉時代の和歌に託した心
―西行・後白河法皇・静御前・藤原定家・後鳥羽上皇・源実朝・宗尊親王・親鸞―

2021年4月5日　第1刷発行

著　者　今井雅晴
発行者　鹿苑誓史
発行所　合同会社 自照社
〒520-0112 滋賀県大津市日吉台4-3-7
tel:077-507-8209 fax:077-507-9926
印　刷　亜細亜印刷株式会社

ISBN978-4-910494-00-5